가끔 궁금해져

넌 어떻게 우는지

# 가끔 궁금해져 넌 어떻게 우는지

2019년 11월 27일 초판 1쇄 발행
2019년 11월 27일 초판 1쇄 인쇄

**지은이** | 송세아

**인쇄** | 예인아트

**표지디자인** | 그림그리는 치
**펴낸이** | 이장우
**펴낸곳** | 꿈공장 플러스
**출판등록** | 제 406-2017-000160호
**주소** | 경기도 파주시 탄현면 헤이리 예술마을
**전화** | 010-4679-2734
**팩스** | 031-624-4527
**이메일** | ceo@dreambooks.kr
**홈페이지** | www.dreambooks.kr
**인스타그램** | @dreambooks.ceo



꿈공장⁺ 출판사는 모든 작가님들의 꿈을 응원합니다.
꿈공장⁺ 출판사는 꿈을 포기하지 않는 당신 곁에 늘 함께하겠습니다.



ISBN | 979-11-89129-47-7

정 가 | 14,000원

가끔 궁금해져

넌 어떻게 우는지

## PM 11:59_어제, 지나가버린 <관계>

목차

## AM 12:00_오늘, 머물러있는 <사랑>

## AM 12:01_내일, 다가올 <꿈>

## 작가의 말

꼭지를 살짝만 비틀어도 주룩주룩 눈물이 흐르는 저는 수도꼭지 인간입니다. 가끔은 울기 싫어서, 울음을 참고 싶어서 애꿎은 허벅지를 꾹 꼬집어도 보는데요. 꾸역꾸역 터져 흐르는 이 눈물을 저도 어찌할 수가 없네요.

그런데 이 눈물이라는 것이 본디, 우리의 눈과 마음을 보호하기 위해서 생겨난 거래요. 가만 보니 제가 이 세상에 처음 마주했을 때 가장 먼저 했던 일도 울음을 터트리는 것이었어요. 그런 제가 어쩌다 이렇게 우는 감정이 부끄러워진 걸까요. 왜 입술을 꽉 깨물고 삐져나오는 눈물을 꾹 참으면서, 남몰래 훌쩍이면서 살고 있는 걸까요.

삐쭉삐쭉 못난 표정으로 울고 말았던 지난날들을 다시 생각해 봤어요. 인간관계, 사랑, 꿈. 무엇 하나 뜻대로 되지 않는 현실 속 울기밖에 못한 날들이 다수였지만 한 가지는 분명했어요. 제 눈물엔 언제나 진심이 함께했다는 사실이요. 진심으로 사랑해서, 간절해서, 고마워서…
눈물이 지나간 자리엔 언제나 진심이 피어있었어요.

이 책은 제가 울었던 순간들에 관한 이야기입니다.
결코 슬프지만은 않은, 진심 어린 순간들에 관한 이야기.

제 눈물의 단상을 거닐다 혹 울음이 터져도 우리 참지 않기로 해요. 우는 것 역시 웃는 것만큼이나 사랑스러운 감정으로 여겨주기로 해요.

부디 울지 말라는 말이 위로가 아닌 세상이었으면
우는 아이에게도 선물을 주는 세상이었으면 합니다.

울어도 줄게요. 내가 준비한 선물.

어제이기도, 오늘이기도, 또 내일이기도 한
울기 좋은 밤 열두 시에
송세아.

PM 11:59 _

## 어제, 지나가버린

## 〈관계〉

| 01 |

# 여전히 혹은 아직은 그 사이

가끔은 눈물이 사랑한다는 말을 대신할 때가 있다.

누군가 당신 앞에서 당신 때문에 눈물을 보인다면
어쩌면 당신을 많이 사랑하기 때문인지도 모른다.

'여전히' 혹은 '아직은' 그 사이 어딘가에서.

| 02 |

# 그의 퇴장

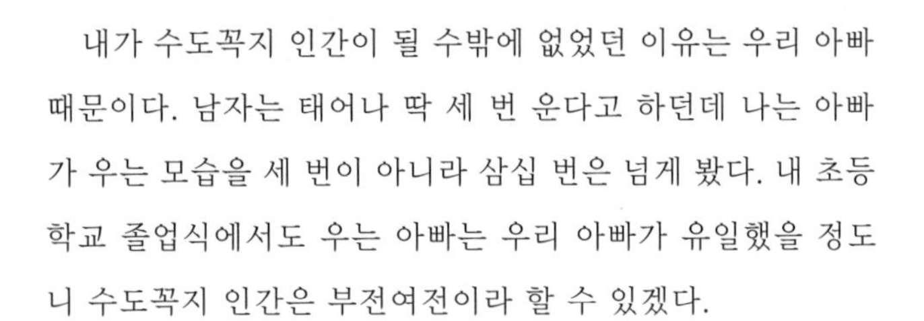

내가 수도꼭지 인간이 될 수밖에 없었던 이유는 우리 아빠 때문이다. 남자는 태어나 딱 세 번 운다고 하던데 나는 아빠가 우는 모습을 세 번이 아니라 삼십 번은 넘게 봤다. 내 초등학교 졸업식에서도 우는 아빠는 우리 아빠가 유일했을 정도니 수도꼭지 인간은 부전여전이라 할 수 있겠다.

엄마 말에 의하면 어릴 때 오빠와 나를 시골에 맡겨두고 아빠와 단칸방에서 맞벌이를 하며 살았을 때엔 외식 한 번 하기 어려웠다고 한다. 모처럼 하는 외식 자리에서도 아빠는 우리 애들은 시골에서 좋은 것도 못 먹고 지내는데 우리만 이렇게 좋은 것 먹고 살아서 미안하다며 뚝뚝 눈물을 흘리셨기 때문에. 그런 아빠와 중학교 때 이후 떨어져 살았으니 요즘에도 우리 아빠는 저녁 식사 자리에서 종종 눈시울을 붉히시곤 한다. 아빠의 잘못으로 우리 집이 이렇게 됐다고, 후회도 많이 되고 미안하다고 하시면서. 그러면 나는 또 이에 질세라 꾹 잠가두었던 수도꼭지를 틀고 '콸콸콸' 뜨거운 눈물을 쏟아낸다. 그렇게 아빠와의 식사에는 꼭 눈물, 그러니까 진심이 함께한다.

주말에 결혼식에 다녀왔다. 대학교 동기 결혼식이었는데 신부를 대략 칠 년 만에 보는지라 어색함과 반가움 사이를 오갔다. 식이 시작되고 아빠의 손을 꼭 잡은 친구가 등장했다. 하얀 드레스를 입은 친구는 눈부시게 예뻤다. 웃는 얼굴이 유독 많이 닮은 두 부녀는 하객들의 진심 어린 축하를 받으며 유유히 버진로드를 걸었다. 박수 소리가 쏟아졌고 길의 끝에는 웃는 얼굴이 역시나 신부와 많이 닮은 신랑이 기다리고 있었다. 마침내 부녀는 버진로드의 끝에 다다랐고, 신부의 아빠는 잡고 있던 딸의 손을 신랑에게 건네주었다.

그리고 나는 또 잠가두었던 수도꼭지를 틀고 말았다.

꼭 쥐고 있었던 딸의 손을 신랑에게 내어주는 신부 아빠의 모습에 시선이 오래 머물렀기 때문에. 손을 내어주고는 잠시 주춤거리며 딸의 뒷모습을 바라보는 아빠의 모습, 어딘지 모르게 쓸쓸한 그 뒷모습을 보았기 때문에. 그리고는 의연하게 자리를 찾아 퇴장하는 아빠의 모습에 뜨거운 불덩이가 가슴 한가운데 놓인 듯 아려왔다.

딸이 서른 즈음이 되면 아빠들은 많은 자리에서 내려와야 한다. 사회에서도 그렇고, 가정에서도 그렇고. 참 의아한 것은 이 세상 많은 아빠들은 오랜 시간 지켜온 자리를 내려놓음에도 늘 태연하다는 것이다. 분명 아빠도 이 퇴장이 낯설 텐데. 가끔은 인정하기 싫고, 울고 싶고 그럴 텐데 말이다.

우리 아빠는 어떨까. 아직까지 우리 아빠는 다행인지, 불행인지 내 손을 누군가에 건네며 퇴장해본 일이 없기에 문득 언젠가 다가올 그 날을 상상해봤다. 우리 아빠도 울지 않고 여타 다른 아빠들처럼 의연하게 자리로 퇴장할 수 있을까. 눈물이 많은 우리 아빠는 왠지 내 등 뒤에서 울고 있을 것 같은데, 나는 그런 아빠를 돌아보지 않고 신랑의 손을 잡은 채 걸어갈 수 있을까. 언젠간 맞이하게 될 아빠의 퇴장에 나 혼자 눈시

울을 볶히다가 문득 드는 생각

저기, 결혼부터 하자.

| 03 |

# 사랑의 다른 말

"엄마가 너 시집갈 때 해줄 수 있는 것이 없네. 대신 나 죽으면 나중에 이 집 네가 가져가."

어느 날 엄마가 말했다. 막연히 엄마와 결혼이야기를 하다가 내가 금방이라도 시집을 가버릴까 그랬는지 내 입장에선 가히 이해할 수 없는 이상한 말들을 했다. 이 말이 나를 얼마나 서글프게 만드는 말인지 까맣게 모르고. 그렇게 엄마는 다음 이야기를 이어갔고, 어안이 벙벙해진 나는 물끄러미 그런 엄마를 바라봤다. '왜 나에게 이런 말을 하지. 당장 시집갈 생각도 없는데. 그리고 내가 언제 엄마한테 부족하다고 말한 적이 있었나.' 충격적인 엄마의 발언 이후 나는 며칠 밤을 이 말에 갇혀 길을 잃다 잠이 들곤 했다.

그런데 오늘 또 엄마가 그러는 것이다.

“딸에게 내가 줄 수 있는 건 이 집뿐이야.
나 죽으면 딸이 가져가.”

결국, 나는 참지 못하고 붉어진 얼굴로 엄마에게 말했다.

“엄마 이 말 좀 안 하면 안 돼?
시집은 내가 알아서 간다고 했잖아. 내가 이 말 들을 때마다 얼마나 서운한 줄 알아?”

서운해.
너무너무 서운해.

그런 나에게 엄마가 말했다.

“네가 자식 낳아봐라. 자식 낳아 키우면 그때 돼서 알게 될 거다. 엄마가 지금 무슨 마음인지. 너까지 이렇게 엄마 마음 몰라주면 엄마도 너무 서운해. 너라도 엄마 이해해줘야지.”

가슴속에 켜켜이 묵혀두었던 숨은 속마음을 와르르 쏟아냄

서운해, 너무 서운해...

과 동시에 뒷짐을 진 척, 등살을 꾹 꼬집었다. 곧장 눈물을 쏟을 것 같아서. 울고 싶지 않아서. 여기서 내가 울어버리면 엄마가 더 많이 울 것 같아서. 그러면 또다시 내가 더 많이 울어버릴 것 같아서.

그렇게 서둘러 대화를 마치고 도망치듯 방에 들어왔다. 방문을 꾹 닫고 가슴을 쓸어내리며 훌쩍이는데 문밖에서 역시나 훌쩍이는 소리가 들렸다.

문득 그런 생각이 들었다.
'서운해, 나도 서운해.' 이 말은 실은,
'사랑해, 나도 사랑해.' 이 말인지도 모른다는 생각.

서로에게 눈물을 보이지 않는 일, 서로의 눈물을 보기 싫어 울고 싶어도 꾸역꾸역 눈물을 참는 것 역시 서로를 많이 사랑하기 때문이라는 생각.

그러니 그렇게 서운하다는 말을 서로 주고받으면서도 꾸역꾸역 눈물을 참은 엄마와 나는 서로 많이 사랑하는 사이임이 틀림없다.

|04|

# 왜 이렇게 연락이 안 돼

어느덧 가을 끝을 지나고 있다. 이른 아침 출근 준비를 하던 나는 쌀쌀해진 날씨에 '오늘 날씨 많이 추울까? 옷을 얼마나 따뜻하게 입고 가야 하나?' 싶어 스마트 폰 날씨 정보를 검색했다.

'최저기온 영하 5도.'

맙. 소. 사.
올겨울 첫 패딩을 꺼내 입어야 할 시점인가. 그렇게 빵빵한 패딩을 꺼내 입고 거울 앞에 섰는데 그래도 아직 11월인데 벌써 패딩이라니, 이건 좀 너무 앞서나갔다는 생각에 또다시 주섬주섬 코트를 꺼내 바꿔 입었다. 출근 준비를 하다가 '오늘

뭐 입지?'라는 고민의 늪에 빠지다 보면 여러 옷들이 뒤죽박죽 머릿속에 생각나는 바람에 신용카드 쓰듯 줄줄줄 애꿎은 시간이 흐르고 마는 경험 나만 하는 건가? (그래서 전날 나름 내일 출근 룩을 마련하고 자는 것. 이것도 나만 하는 건가?)

어쨌든 오늘도 그렇게 몇 분의 시간이 흘러버렸고 출근길 몇 분의 시간은 오늘 내가 지각을 하느냐 마느냐, 당락을 결정지을 크나큰 시간이었기에 더욱 허겁지겁 가방에 소지품을 욱여넣고 버스에 올랐다. 새벽 출근을 하는 나는 하루 중 아침 출근길을 가장 좋아한다. 아직 하루 중 1%로도 사용하지 않은 새것의 머리로 끄적끄적 글쓰기를 하는 시간은 나에게 굉장히 소중한 시간이기 때문이다. 오늘도 어김없이 무언가를 써보자 싶어 스마트 폰을 꺼내 써보려고 했으나.

아. 뿔. 싸.
나의 빵빵한 패딩 주머니 속에 '징징-' 울고 있을 휴대폰의 형상이 머릿속에 떠오르고 말았다.

'두고 왔다. 휴대폰.'

다시 집으로 돌아가자니 이미 버스는 집에서부터 많이 떠나왔다. ‘심하게 지각을 하느냐.’ ‘오늘 하루 휴대폰 없이 지내느냐.’ 결국 썩 마음에 들지 않은 두 가지 선택지 중 나는 후자의 선택지를 골랐다. 요즘 한창 ‘아날로그’를 주제로 글쓰기에 버벅거리던 참, 오늘은 제대로 아날로그 인간이 되어보기로 했다.

그렇게 휴대폰 없이 하루가 시작되었다.

## 1. 연락

하필 오늘 퇴근 후 저녁 약속이 있었다. 약속 장소와 시간을 정하지 않았던 탓에 친구에게 휴대폰을 집에 두고 왔다는 비보를 어서 전해야 했다. 그렇게 수화기를 들었는데 '아, 전화번호가 몇 번이었더라.' 꿈속에서 로또 번호 떠오르듯 어렴풋이 기억나는 친구의 휴대폰 번호. 겨우겨우 뿌옇게 떠오르는 숫자들을 꺼내어 종이에 적고는 몇 번이고 소리 내어 읽어보았다. 그렇게 꽤나 자연스러운 몇 개의 휴대폰 번호 조합을 만들어냈고 다시 수화기를 들었다.

'이 중엔 맞는 번호가 있겠지.' (제발)

번호 1: 지금 거신 전화는 결번…. (아니었다.)

번호 2: 전화기가 꺼져있어…. (아닐 거 같은데….)

번호 3: (걸걸한 아저씨, 자다 일어남) 여보쇼. (아, 아니다.)

그렇게 전화번호 유추는 실패로 돌아갔다. 고민 끝에 친구의 SNS에 '휴대폰을 집에 두고 왔어.' 메시지를 남겼다. 그 후 몇 분 뒤. '그랬구나. 다섯 시 반, 영등포 타임스퀘어 교보문고 앞에서 보자.' 어렵사리 약속을 정할 수 있었다.

휴대폰 없이 연락하는 것, 그리고 만남을 약속하는 것은 정말이지 쉽지 않았다. 그러다 보니 약속을 쉬이 가볍게 여기던 지난날 나의 행동들이 떠올라 부끄러워졌다. 연락이 쉬울 땐 조금 피곤하다는 이유로 약속을 쉽게 취소하곤 했는데. 약속 시각에 오 분, 십 분 늦는 일 역시 대수롭지 않게 생각했었는데. 이렇게 연락 한 통이 어려워지다 보니 약속장소에 무리 없이 나가는 일은 무척이나 감사한 일이었으며, 약속 시각에 늦는 일은 상대를 하염없이 기다리게 하는 크나큰 실례임을 깨달았다.

때로는 결핍이 완벽한 이해를 돕는 걸까. 부끄럽게도 이제야 나는 연락을 주고받는 것, 만남을 위한 약속들을 결코 가볍게 여겨져서는 안 된다는 사실을, 그 무게를 실감했다.

## 2. 여유

휴대폰이 없으니 좋은 점도 있었다. 없는 사람 입장에서 있는 사람들을 바라보니 다들 뭐가 그렇게 바쁜지 싶었다. 무언가에 쫓기듯 습관적으로 메신저 어플을 확인하고, '남들 어제 뭐 했나' '지금 뭐하나' SNS를 들락날락 한시도 손과 눈을 그냥 두지 않았다. 일할 때도, 밥 먹을 때도, 누군가와 대화할 때도. 물론 나 역시 휴대폰이 있었다면 지금 이들보다 훨씬 더 자주 휴대폰을 바라보며 정신없이 지냈을 텐데. 강제로 없어보니 달그락달그락 마음속에 소란스럽게 돌아다니던 빈 깡통들이 사라진 듯 마음이 평온해졌다.

## 3. 부재

그렇게 종일을 지내다 늦은 밤 귀가해 휴대폰을 찾았다. 하루 떨어져 있었는데 이렇게나 많이 울었다니. 휴대폰을 들여다보니 달그락달그락 또다시 마음속에 요란스러운 빈 깡통 소리가 들리는 듯했다. 오늘 나에게 왔던 광고 문자들, SNS 연락들, 메신저들을 보니 내가 없어도 세상은 아무렇지 않게 잘만 돌아가고 있었다. 스마트폰이 보급된 이후 서로의 일상을 주고받는 일들이 쉬워지다 보니 하루, 아니 몇 시간 웹상에서 부재했던 것뿐인데 내가 이 세상에서 갑작스럽게 사라지기라도 한 듯 알 수 없는 소외감을 느꼈다. 나 없이도 300개 400개 단체 톡 방에서 쉼 없이 이어졌던 대화 내용을 줄줄 읽어가다가. '툭' 내 마음을 울려버린 친구의 연락 한 통.

'왜 이렇게 연락이 안 돼?'

‘무슨 일 난 거야? 걱정된다 친구야.’

나 참 새삼스럽게 가슴이 뭉클해지면서 코끝이 찡해지는 친구의 연락. 이렇게나 많은 사람의 일상이 와르르 쏟아지듯 공유되는 와중에도 나의 일상을 궁금해하는 친구가 있다는 사실에, 나의 부재를 불안해하는 그 따뜻한 마음이 감사해져 새삼스럽게 눈시울이 붉어졌다.

세상이 점점 편리해지고 있다. 큰 노력 없이도 누군가의 일상을 쉽게 들여다볼 수 있으며 그 일상에 함께 뛰어들 수도 있다. 익숙해지면 소중함을 잊는다는 말처럼 그래서인지 일상을 들여다보는 일이 얼마나 대수로운 일인지에 대한 생각은 점차 무뎌지고 있는 듯하다.

*"내게로 와줘. 내 생활 속으로, 너와 함께라면 모든 게 새로울 거야. 매일 똑같은 일상이지만 너와 같이 함께라면 모든 게 달라질 거야."*

〈일상으로의 초대〉라는 좋아하는 가수의 노랫말을 빌려보자면, 누군가는 자신의 일상으로 상대를 초대하며 사랑을 고백하기도 한다. 그러므로 어떤 의미로 나의 일상을 세세히 공유하는 것, 혹은 누군가의 일상에 관심을 갖고 들여다보는 일은 '당신을 마음 깊이 사랑한다는 말'을 대체하는 것일지도 모른다.

스스로 되물어본다.

나는 누구의 일상에 조금 더 귀 기울이고 있는지.

혹은, 소중한 이의 일상을 놓치며 살고 있지는 않은지 말이다.

| 05 |

## 네 마음을 위로

‘나 결국 헤어졌어….’

가까운 친구로부터 짧은 문자가 왔다. 놀란 나는 다급히 전화를 걸었고, 이별의 이유를 물었다. 수화기 너머 꾸역꾸역 눈물을 참아내는 친구의 목소리가 들렸다.

“노력해봤는데 아무래도 여기까지인가 싶어.”
“그래. 차라리 잘됐어. 더 만나봐야 너만 힘들었을 거야.
 그 사람보다 더 괜찮은 사람 분명 또 있을 거야.”
“그래도 그 사람 참 좋은 사람이었어. 잘 지냈던 시간도 많았는데 뭐. 단지 나랑 잘 안 맞는 사람이어서 그랬지.”

본인 마음이 얼마나 다친 줄도 모르고 끝까지 그를 감싸는 친구의 모습에 속이 상한 나는,

"이렇게 끝내는 게 뭐가 좋은 사람이야.
널 정말 사랑한다면 이렇게 하면 안 됐어. 그 사람 정말 비겁한 거야."

미련하게 되지도 않는 위로의 말들을 늘여놓았다. 친구를 아끼는 마음에, 내 친구를 아프게 했다는 사실에 화가 나 뼈아픈 말들을 꺼내 놓고 말았다. 내 위로가 이미 시퍼렇게 멍이 든 친구의 마음을 더 세게 짓누르고 있는지도 모르고.

돌이켜 생각해보면 나 역시 그랬다. 그와 헤어진 뒤 주위에서 쏟아냈던 그에 대한 비난들을 들으며 늘 가슴 한편이 따끔거렸다. 그래도 내가 한때 사랑했던 사람인데, 이렇게 별로인 사람을 내가 온 마음을 다 써가며 사랑했다니. 덤덤하게 자리를 지키다가도 집에 돌아오는 길엔 알 수 없는 자책감에 마음이 무너져 내렸다.

위로는 늘 어렵다. 뜻하지 않게 상대를 더 많이 아프게 할 수

도 있다. 세상에 정답이라는 것이 없다고 믿지만, 정답에 가까운 위로가 있다면 화가 난 내 마음이 아닌 이미 시퍼렇게 멍이 든 상대의 마음을 헤아리는 것이 아닐까. 위로하는 순간만큼은 내 마음보다 상대의 마음을 더 위에 앉혀 두고 먼저 헤아려야 하지 않을까.

친구야.
그 사람 널 만나는 순간만큼은 진심이었을 거야.
그리고 넌 언제나 그에게 좋은 여자였어.
그건 옆에서 오랜 시간 널 지켜본 내가 대신 장담해.
혹시 그를 다시 만나고 싶어져도 괜찮아.
나는 항상 네 선택을 응원하니까.
그리고 울고 싶어질 땐
언제든 전화해, 알았지?

그날 이렇게 위로를 건넸다면 네가 덜 아팠을까.
내 마음보다 네 마음을 더 위로했다면.

| 06 |

# 사랑만큼은

“사랑하니까 이렇게 붙잡는 거야.”

친구야, 우리 앞으로도 그렇게 사랑하자.

사랑하는 일에 특별한 이유가 없는,
사랑해서 사랑하고야 말게 된.

‘사랑이 밥 먹여주느냐’는 누군가의 말에

그렇다고.
나는 사랑이 밥 먹여준다고.
사랑하지 않으면 한 집에서, 한 식탁에서 밥 못 먹는다고.

한 이불 덮고 못 잔다고.
사랑해서 이렇게 붙잡는 거라고.
우리 앞으로도 그렇게 사랑하자.

친구야 나는 있지,
우리가 결국엔 이 사랑 때문에 웃게 될 거라고 믿어.
아팠던 순간들만큼 더 많이 행복해질 거라고 믿어.

그러니 우리 어떤 상황에서도 사랑만큼은 포기하지 말자.
사랑만큼은.

"사랑만큼은 우리 포기 하지 않기로 해."

| 07 |

## 너와의 거리

네가 나에게 거리를 둔다면
나는 네가 정해 놓은 그만큼의 거리에 서 있을 거야.
가깝지 않은, 그래 조금은 먼 거리에서.

왜 가끔 그럴 때 있지 않아?

너무 가까워서 네 슬픔을 전부 다 말할 수 없을 때.
너무 뜨거워서 외려 그 관계에서 네 마음을 다칠 때 말이야.

나는 너와 그만큼 가깝지 않으니
나는 네가 정해놓은 그만큼의 온도에 있으니
혹여 너를 많이 걱정할까

혹여 너를 떠나갈까 꺼내지 못했던 너의 아픈 이야기들,
꽁꽁 묶어 놓아 마음에 진물이 나버린 너의 이야기들,
나에게 툭 던져도 괜찮아.

아침을 지키는 해, 밤을 지키는 달,
지구 주위에 둘러싼 수많은 행성처럼
너를 둘러싼 수많은 사람들이
각자의 자리에서 자기 몫을 다하며
너를 지키고 있다는 걸 잊지 마.

나 역시 네가 정해놓은 그 자리에서
너를 위한 내 몫을 다하고 있을 테니
이 세상이 칠흑같이 어둡게만 느껴질 때,
아무나 붙잡고 넋두리든 뭐든 네 이야기가 하고 싶어질 때,

그럴 때 찾아와.
이런 나라도 너에게 위로가 된다면 말이야.

| 08 |

# 마음드로잉

무언가를 배우는 일에 희열을 느끼는 요즘이다. 그림을 배우기 시작했는데 왜 이제야 배웠나 싶을 정도로 그림의 매력에 푹 빠져있다. 최근엔 연필드로잉을 배웠다. 연필드로잉은 오롯이 연필만으로 그림의 명암을 표현하는 기법이다.

연필 드로잉의 첫 번째 작업은 스케치이다. 스케치에도 기법이 있는데 가장 먼저 할 일은 사물을 도형화하는 것이다. 사각 프레임에 중간선을 긋고 또 그 선을 반으로 나눈다. 연필을 세우고 눕어가며 사물이 시작되는 위치를 정하고 작은 점들을 찍는다. 그리곤 찍어놓은 점과 점을 이어 선을 만들고, 그 여러 개의 선을 맞닿게 이어 면을 만든다. 이런 일련의 과정을 거치지 않고 두루뭉술하게 그림을 그리면 어딘지 어설

픈 그림이 될 수 있고, 또 가끔은 중요한 것들을 놓칠 수 있다고 한다. 수업을 듣다 머릿속 작은 전구에 반짝 불이 켜졌다. 사랑을 포함한 모든 인간관계가 그런듯해서. 내 경험상 상대를 두루뭉술하게 이해하려다 보면 어설프게 내 방식대로 이해하기도 하고, 때로는 정말 알아야 할 것들을 놓치기도 했으니까.

다시 그림 그리기로 돌아와서. 스케치가 완성된 후 드로잉을 시작하기 전, 빛에 의한 밝기에 따른 구간을 나누는 작업이 필요하다. 밝기는 최소 1부터 8까지로 나눌 수 있는데, 빛의 밝기에 따라 1부터 8까지의 숫자를 그림에 적어두면 된다. 예를 들어 지붕은 빛을 가장 많이 받으므로 밝기를 2, 지붕 아랫면은 그보다 조금 더 어두우므로 4 정도. 이렇게 명암에 따라 숫자들을 적었으면 이제 드로잉을 시작하면 된다.

'이 정도면 처음치고 잘했네.' 내심 뿌듯해 하려던 찰나 선생님이 말했다. "잘 봐요. 이 문과 지붕 중 뭐가 더 밝게 보여요? 당연히 지붕이죠? 그런데 이 그림은 문이 더 밝게 칠해진 듯해요. 지붕 밑도 마찬가지예요. 다시 봐요. 천천히 보이는 그대로요. 그리고 있죠, 드로잉은 사물의 구분을 선으로 그어 표현하는 게 아니에요. 밝은 면, 어두운 면을 칠하며 자연스럽게 면을 만드는 거죠."

다시 내가 그린 그림을 찬찬히 살펴보았다. 그리고는 눈앞이 '핑' 돌았다. 이 작은 사물 하나도 있는 그대로 이해하지 못하고 있다는 생각에. 그랬다. 나는 이 사물마저도 그저 내 방식대로 이해하려고만 했다. 분명 더 어둡고 진한 부분이 어디인지 알면서도 나는 의식적으로 밝게 그려 내려고 했다. 면과 면 사이 역시 굵고 명확한 선으로 쉽게 구분 지으려 할 뿐이었다. 사실 이 사물은 어떠한 선으로도 나눠어있지 않음에도 불구하고.
이해라는 것이 뭘까. 그동안 나는 타인을 얼마나 이해하며 살아왔을까. 이미 정답을 정해놓은 채 억지로 상대를 그 답안에 끼워 넣으려고 했던 것은 아니었을까. 이 작은 그림 하나도 있는 그대로 바라보지 못하는 내가 다른 사람을 얼마나 이해한다고 말할 수 있었을까. 세세히 들여다보지 않고 결 하나

SKETCH
BOOK

하나를 있는 그대로 바라보지 못했던 지난날들이 떠올라 화르르 부끄러운 감정이 밀려왔다.

다시 그려보기로 했다.

1. 마음에 흰 도화지를 펴고 대상을 떠올린다.
2. 큰 도형을 그리고 작은 점들을 찍으며 대상이 머물러있는 위치를 이해한다.
점을 연결해 선을 만들고 또 그 선을 연결해 면을 만든다.
두루뭉술하게 뭉개 그린 그림은 어딘지 허술할 수 있으며, 때론 정말 중요한 것을 놓치기도 한다.
3. 밝은 면과 어두운 면, 있는 그대로를 바라보고 존중한다.
4. 절대 굵은 선 하나로 대상의 여러 면을 규정짓지 않는다.
5. 다 그리고 난 뒤 멀리서 지그시 바라본다.

내가 그린 그림이 보이는 모습 그대로 빛나고 있는지.
내가 이해한 이 사람 역시, 모습 그대로 빛나고 있는지.

| 09 |

## 축하해, 진심으로

우울증에 관한 책을 읽었다. 우울증, 공황장애 등 마음의 병을 앓고 있는 사람들의 이야기를 인터뷰 형식으로 엮은 책인데 그들의 힘겨운 마음이 고스란히 전해져 나 역시 마음이 아팠다.

책에 의하면 어떤 이는 갑자기 횡단보도를 건너다 사고가 났으면 하는 생각이 들고, 또 어떤 이는 갑자기 높은 곳에서 뛰어내리면 어떨까 하는 생각이 든다고 한다. 아니면 갑자기 숨이 턱 막혀 고통스럽거나, 자려고 누울 때면 천장이 무너져 내릴 것 같은 공포감을 느낀다고. 책을 접할수록 이들의 이야기들에 큰 모래더미가 마음을 덮친 듯 먹먹해졌다. 그럼에도 나는 이 책을 멈추지 않고 꿋꿋이 다 읽었다. 부끄럽게

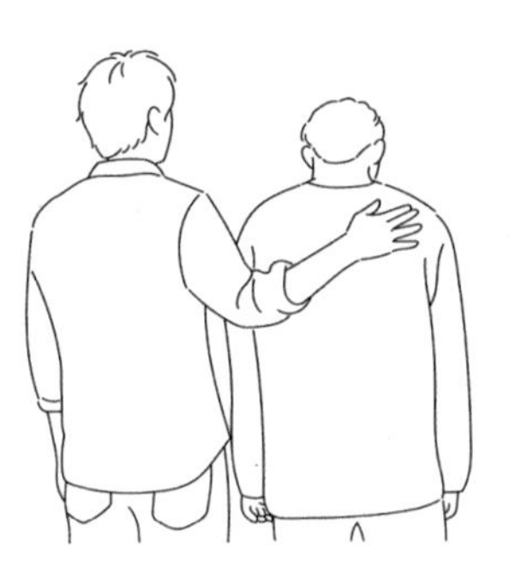

도 나는 별일 아닌 일에 나 스스로 자책감에 시달릴 때, 그래서 마음이 무겁고 힘들게 느껴질 때, 이 책을 읽으며 남모르게 위로를 얻었다.

아니 우울증 책을 읽으며 어떻게 위로를 얻었냐고? 부끄럽게도 나는 '그래 나는 이 정도로 힘든 건 아니야.' '나는 이 정도는 아니니 다행이다.'라는 생각을 했다. 정말 많이 부끄럽게도. 그렇게 마음이 고달플 때면 몇 장씩 책을 아껴 읽다 잠이 들었고, 잠에서 깨고 나면 답답했던 마음이 조금은 풀어지는 듯했다.

종종 그런 사이가 있다. 서로 힘들거나 일이 잘 안 풀릴 때 유독 가까워지는 사이. 대부분 만나서 나누는 대화는 "나 요즘 이래서 힘들어." "나는 요즘 이래서 힘들어." 서로 힘든 이야기를 풀어내다가, "그래 우리 조금 더 힘내보자." 하며 그날의 만남을 마무리 짓는 사이. 아마 그런 사이는 알게 모르게 서로 '나만큼, 아니 나보다 더 힘든 너도 있으니 힘내야지.' 라는 생각을 하는지도 모른다. 이 사이를 결코 나쁜 사이라고 말할 순 없지만, 왜인지 모르게 둘 중 한 명이 행복하게 잘 지낼 땐 다시금 멀어지는 사이일지 모른다고 생각하니 씁쓸한 마음이 든다.

슬픈 일이 있을 때 위로가 되어주는 사이보다, 기쁜 일이 있을 때 함께 기뻐해 주는 사이.
어쩌면 이 사이가 더 어렵고 소중한 사이인지도 모르겠다. 우리는 남의 슬픔에 공감하는 것보다 남의 기쁨에 공감해주는 일에 더 마음을 써야 하는지도 모르니까.

부디 내가 정말 아끼고 좋아하는 사람들에게 힘들 때는 물론이거니와 즐거울 때, 정말 좋은 일이 있을 때 어서 빨리 자랑하고 싶은 친구, 동료, 그리고 지인으로 남아있기를.

'축하해.' 행복한 그 마음 온전히 나눌 수 있는 사람이 될 수 있기를 바라본다.

"남의 슬픔에 공감하는 것 보다
남의 기쁨에 공감해주는 일에
더 마음을 써야하는 지도 모르니까."

| 10 |

# 못난이 소굴

남:

오늘 일하는 곳에 단골손님이 왔어. 나이가 지긋하신 아버님이시거든? 어떤 기업 임원이라고 하셨나. 아무튼, 엄청나게 멋지신 분이야. 슬하에는 서른은 넘어 보이는 따님이 있으신데, 애인 사이처럼 부녀가 좋은 곳에 가서 데이트도 하고 서로 선물도 사주고 그러나 봐. 매일 오면 딸 자랑을 그렇게 하셔. 그 손님 보니까 '아 저분 사위 되는 사람은 참 힘들겠다.' 하는 생각에 들더라.

여:

왜? 멋진 장인어른이 어려워?

남:

응. 아무래도 사윗감 보는 눈이 높을 것 같아서. 아무나 마음에 들어 하시진 않겠지.

여:

왜 그렇게 생각해? 그러면 반대로 안 멋있고 부녀 사이가 안 좋으면 부모님 마음에 들기 쉽다는 거야? 내 생각엔 세상 모든 부모님은 다 눈이 높다고 생각하는데? 모든 부모님은 내 자식만큼은 최고라고 생각하잖아. 좀 잘산다고, 부녀 사이가 좋다고 유독 눈이 높을 거라고, 그러니 마음에 들기 어렵다고 생각하는 건 잘못된 거 아니야? 특히 더 어려운 게 어디 있어. 모든 부모님이 다 어려운 거지. 다 똑같이 눈이 높은 거지.

그래. 우리 아빠만 봐도, 딱히 가진 거 없고 나랑 그렇게 친하지도 않은데 그렇다고 해서 아무나 다 마음에 들어 하지 않는다고. 아니, 오히려 상당히 까다롭고 눈도 엄청나게 높은데? 왜인 줄 알아? 우리 아빠 눈엔 내가 세상에서 최고라고, 최고로 잘난 딸이라고 생각하니까.

남:

아니 나는 그런 의도가 아니라.

여자는 꾸역꾸역 여러 말들을 쏟아냈고. 남자의 표정은 점점 일그러졌다.

아무것도 아닌 이야기에 여자는 날을 세우며 바득바득 남자를 쏘아붙였다. 가슴 속 깊은 곳에서 뜨거운 울음덩어리가 올라오는 듯 벌겋게 달아오르는 얼굴을 주체하지 못한 채. 실은 여자도 알고 있다. 남자의 말의 의도를. 절대 여자를 아프게 하려고 꺼낸 말이 아님을. 그저 더러 있는 일상적인 말이었음을. 이글거리며 화를 내면 낼수록 스스로 못난이를 자처한다는 것도.
그럼에도 여자는 화를 냈다. 남자가 무심코 던진 이 돌은 분명 피할 수 있는 돌이었다.
여자 스스로 지레 겁먹고 옴짝달싹 못 하는 바람에 맞은 돌임이 분명했다. 여자는 이 모든 사실을 알면서도 화를 냈다. 그리고 그날 밤 여자는 오랫동안 잠을 이루지 못했다. 화를 내는 자신의 모습에 더 많이 화가 나서.

가끔은 아무것도 아닌 일에 울음이 터질 듯 화가 날 때가 있다. 귓불부터 뜨거운 기운이 올라와 화를 내는 내 모습이 낯뜨거워져 점점 더 화가 나 버리고 마는 그런 화.

*'자격지심'은 스스로 마음에 물결을 부딪쳐 흐르게 하는 것이라고 한다.*

울긋불긋 화가 치밀 때면 내 마음을 빤히 들여다본다.
스스로를 못난이 소굴에 밀어 넣고 있지는 않은지.
그 안에서 내 마음의 물결들이 서로 아웅다웅 다투며 화를 만들고 있진 않은지 말이다.

| 11 |

# 프로필 사진

며칠 전 엄마와 크게 다퉜다. 이유는 아빠 때문이었는데 별일 아닌 아빠의 말(물론 지극히 내 생각에 별일 아니었다.)에 엄마는 마음이 크게 상했는지 새빨개진 얼굴로 열을 냈다. 그런 엄마의 모습에 나 역시 어딘지 모르게 마음이 울렁였다.

"별것도 아닌데 왜 이렇게 화를 내. 그래 봤자 뭐 달라지는 게 있어?"
"엄마도 좀 그만해. 아빠가 그럴 수도 있지. 뭘 그런 걸 가지고 예민하게 그래."
"이렇게 화내면 엄마만 피곤한 일인 거 몰라? 알았으니까 좀 그만하라고!!"

엄마의 마음을 헤아리려 내뱉은 내 말들이 생각지 않게 작은 불씨가 되었고, 어느새 잡을 수 없는 큰불로 번졌다. 그렇게 나는 붉으락푸르락 엄마에게 화를 내고 말았다. 왕년에 한 성격하셨다는 우리 엄마 역시 화를 참지 않았고 들고 있던 옷걸이를 그만 사랑의 매로 탈바꿈시키고 말았다. 왜 하필 엄마는 그때 빨래를 널고 있었을까.
그렇다. 작년 12월 31일 서른을 앞두고 '나 이제 서른이라고, 나도 이제 나이 먹었다고.' 한탄했던 내 모습이 무색하게 나는 갓 서른에 엄마에게 매를 맞고 말았다.

그렇게 엄마와의 냉전이 시작되었다. 같이 밥도 먹고 TV도 봤지만, 우리 모녀는 서로 아무 말도 하지 않았다. "밥 먹어." "다녀올게." "나왔어." 꼭 해야 하는 말들만 주고받을 뿐. 사건이 발생한 다음 날 출근해 자리에 앉았는데 엄마와 함께 찍은 사진이 눈에 띄었다. 이년 전 서로의 좋은 날을 간직하고 싶어 사진관에서 함께 찍은 사진. 엄마와 다투고 나니 사진 속 내 손을 꼭 잡고 웃고 있는 엄마의 모습이 밉게만 보였다.

그렇게 한 달의 시간이 지났다. 엄마와 대화의 숫자는 늘어갔지만 우린 그 날의 이야기를 다시 꺼내지 않았다. 그러나 여전히 바라보는 눈빛, 흐르는 공기에서 느낄 수 있었다. 서로의 가슴 속에 깊은 앙금이 남아있다는 것을. 이쯤이면 엄마에게 먼저 화해의 손길을 내밀 법도 한데 못난 딸인 나는 엄마에게 무언의 시위라도 하듯 냉전을 이어나갔다.

그러던 어느 날이었다.
'띠링-' 엄마로부터 한 통의 문자가 왔다.

[사랑하는 엄마: 저녁 먹고 오니?]

입을 삐쭉 내밀며 답장을 보내려다 메신저 속 엄마의 프로필 사진이 눈에 띄었다. 엄마가 새로 바꾼 프로필 사진은 며칠 전 회사에서 보았던 우리 사진이었다. 두 손을 꼭 잡고 활짝 웃고 있는 엄마와 내 모습.

'요즘 나랑 사이도 안 좋은데 왜 이걸로 바꿨대? 치.'

사랑하는 엄마♥
저녁먹고 오니..?

그렇게 다음 사진을 넘겼고, 결국 나는 목이 메어와 꾸역꾸역 마른 침을 삼켜야 했다.
엄마의 프로필 사진은 다음과 같았다.

사진첩 2/5 나랑 건강검진 가서 찍은 사진
사진첩 3/5 나랑 여행 가서 찍은 사진
사진첩 4/5 내가 그린 그림 사진
사진첩 5/5 그냥 내 사진

온통 엄마의 사진첩에는 내가 함께했다. 내가 없는 엄마는 없었다.

대부분 사람들은 메신저 프로필 사진에 '나를 가장 잘 표현하는 사진' 혹은 '남들에게 자랑하고 싶은 사진' 그것도 아니면 '가장 행복했던 순간'을 올리지 않나. 그랬다. 우리 엄마에게는 본인을 가장 잘 표현하는 것도 '나', 남들에게 자랑하고 싶은 것도 '나', 가장 행복한 순간도 '나'였던 것이다. 엄마에게 전부는 온통 다 '나'였던 것이다.

엄마는 늘 나에게 말한다. 부모는 평생 자식을 짝사랑한다고. 열 자식이 한 부모를 못 모셔도 한 부모는 열 자식을 키울 수 있다고. 그럴 때마다 나는 늘, 엄마는 내 마음도 모른다며 시큰둥한 반응을 보이곤 했다. 그런데 가만 보니 나야말로 정말 엄마 마음을 하나도 몰라주는 딸이었다. 비록 엄마 마음도 몰라주는 못난 딸이지만 한 가지는 분명하다. 사진 속 환히 웃고 있는 엄마의 모습에 카페에 혼자 앉아 꼴깍꼴깍 울음을 삼키는 나는 엄마를 많이 사랑하는 딸이라는 사실.

그렇게 한 달간 아무짝에도 쓸모없던 나의 시위는 쏟아지는 눈물과 함께 말끔히 철수되었다.

| 12 |

# 그럴 수 있어

엎어지면 코 닿을 거리에 자주 가는 단골 미용실이 있다. 이 미용실이 올해로 3주년을 맞이했으니 나 역시 이곳을 이용한 지 3년이 다 되어간다. "남자친구는 생겼어요?" "다음 책은 언제 나와요?" 3년째 내 머리를 만져주는 원장님과 나는 시나브로 친분이 쌓였다. 물론 따로 식사하거나 눈을 맞추고 깊이 있는 이야기를 나눈 사이는 아니지만 말이다. "이번 주는 누구 결혼식이에요?" 내가 설명하지 않아도 주말 오전 내 스케줄을 훤히 꿰뚫어 볼 수 있는 정도이니 우린 가깝다면 가까운 사이이다.

"오늘은 친오빠 결혼이에요."
"아 오빠 분 결국 결혼하시는구나…."

아마 이 미용실이 문을 닫지 않는 이상 나는 오랫동안 이곳을 이용할 테고 어쩌면 오랜 시간이 지나면 원장님과 나는 그 누구보다 가까운 사이가 될지 모른다. 물론 그때 역시 특별한 추억을 나눈 사이는 아니겠지만.

*

지나보면 내 곁에는 분명 미용실 원장님보다 나를 더 잘 알던 사람들이 다수 존재했었다. 한때 내가 사랑했던, 가족보다 더 많은 것들을 공유하던 사람들. 당시엔 나와 오래오래 함께할 것만 같았는데 지금 와보니 다들 어디로 가버렸는지 모르겠다. 어떤 이에게는 평생 내 사람으로 만들고 싶어 내 마음 좀 알아달라고 조르기도 했고, 또 다른 이에겐 우린 잘 맞지 않는다며 애써 다가오는 마음을 밀어내기도 했다. 그래, 그 사이에서 부단히도 애를 썼다. 나도, 그리고 비단 사랑에 국한되지 않은 내 곁에 머물던 많은 이들도. 그 과정에서 내 마음엔 크고 작은 상처가 났고 그렇게 애를 쓰던 이들은 더 이상 내 곁에 남아있지 않게 되었다.

"그럴 수 있어."

매사에 자주 이렇게 말하는 지인이 있다. 무슨 일이든 "아 그래그래, 그럴 수 있어." 라고 말하는 그를 보며 '저 사람 인생 너무 쉽게 사는 거 아냐. 무심한 건지, 가벼운 건지….' 라며 내심 그를 아니꼽게 보기도 했다. 그런데 이제 보니 그는 알고 있었던 것 같다. 우린 절대 타인을 완벽하게 이해할 수 없다는 사실을. 결코 내 곁에 잡아두려 애를 쓰는 것만이 그들을 붙잡는 방법이 아니라는 사실을 말이다. 그러니 어쩌면 그가 외치는 "그럴 수 있어."라는 말은 그 누구도 아닌 본인 자신에게 하는 말인지도 모른다.

'어떻게 그럴 수 있어.'
모든 일이 생각처럼 되지 않을 때, 아끼는 사람들이 내 마음 같지 않게 굴 때 조금은 가볍게 '그럴 수 있어.'라고 말해보면 어떨까.

내가 사랑하는 사람들, 때로는 나를 지키기 위해.
가까울수록 가볍게,

그래, 그럴 수 있다고….

| 13 |

# 걸음, 마음

“잘 지내? 어떻게 지내. 우리 곧 만나야지.”

가까운 친구로부터 문자가 왔다. 바쁘게 살아가는 중에도 나를 찾아오는 이 연락들을 볼 때면 잃어버린 줄로만 알았던 아끼는 물건을 불쑥 찾은 듯 반가운 마음이 밀려온다. 누군가와 안부를 묻고 만남을 위한 약속을 잡는 일엔 남다른 의미가 있는 것 같다. 약속을 잡고 발걸음을 옮기는 일은 서로의 곁에 머물고 싶다는 무언의 표현이기 때문에.

“데려다주셔서 고마워요.”

사랑 역시 그랬다. 누군가 나에게 그와의 사랑이 언제부터 시작되었느냐고 묻는다면, 나는 그와 나의 발걸음이 같은 곳에 머물 때부터라고 말하고 싶다. 사소한 듯 보이지만 절대로 사소할 수 없는, '나를 바래다주는 일.' 아마 '걸음'과 '마음'은 발음만 닮은 것이 아닌 듯싶다. 나를 향해 다가오는 그의 발걸음 수만큼, 그의 마음도 함께 다가오고 있음을 느낄 수 있었으니까.

그와 연인이 되어 사랑하는 동안에도 그랬다. 그와 나는 늘 서로의 일상을 궁금해 했고 시간을 만들어 서로를 찾았다. 그가 있는 곳으로 내 발걸음을 옮겼고, 또 그 역시 내가 있는 곳으로 자주 나를 만나러 왔다. 사랑에 마침표를 찍었을 때 역시 우리는 알고 있었다. 조금씩 서로를 향한 발걸음이 잦아들고 있음을.

그러니 문득 누군가의 마음이 궁금해질 땐 찬찬히 그의 발걸음을 따라가 보기로 했다. 분명 그의 발끝엔 애틋하게 피어난 그의 마음이 숨어있을 테니 말이다.

"나를 향해 다가오는 그의 발걸음 수만큼

그의 마음도 함께 다가오고 있음을 느낄 수 있었으니까."

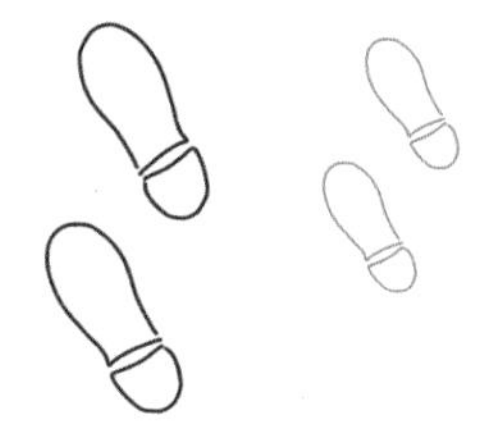

| 14 |

# 너의 행복을 바라는 이유

가끔 죽음에 대한 생각을 한다. 길을 걷다 갑자기 사고로 죽게 되면 어떡하지. 오늘이 나의 마지막 하루면 어떡하지. 나는 아직 하고 싶은 일들이 많은데, 하고 싶은 이야기들이 많은데 더 할 수 없어지면 어쩌지. 이 죽음에 대한 생각은 특히 먼 곳으로 여행을 갈 때 혹은 중요한 일을 앞두기 전에 극에 달하는데, 이런 생각이 쌓일 때면 아무것도 보이지 않는 깜깜한 밤에 홀로 누워있는 듯한 두려움이 밀려온다.

남들은 안전 불감증이 문제라고 하는데, 나는 오히려 안전 민감증 때문에 종종 마음의 불안감을 안고 살고 있다. 더 큰 문제는 이 죽음에 대한 생각이 오직 나의 죽음에만 국한되어 있지 않다는 것이다. 내가 사랑하는 사람들, 나의 소중한 모든 것들이 갑작스럽게 사라지게 될까 봐 영영 이들을 만나지 못하는 날들이 오게 될까 봐 서글퍼질 때가 있다는 것이다.

우리 엄마가 갑자기 큰 병에 걸려 곧 이 세상을 떠나 버리면 어쩌지? 어느 날 친구가 사고로 내 곁을 떠나버리면 어쩌지. 귀가해 집에 왔는데 우리 강아지 향이가 차갑게 식어있으면 어쩌지. 상상만으로도 눈물이 핑 돌아 고개를 휘저으며 급히 생각을 멈추게 되는 것들. 물론 가끔은 이런 생각들이 반복되는 일상을 소중하게 여기도록 만들어 주기도 한다. 그러나 오늘처럼 늦은 밤, 이따금씩 죽음에 대한 알 수 없는 두려움이 밀려올 때면 마음이 먹먹해져 통 잠을 이룰 수 없다.

나뿐만 아니라 내 주위 사람들의 죽음이 이렇게 두려워지는 이유는 왜일까. 아무래도 나는 이별에 너무나도 취약한 사람이기 때문이지 싶다. 나, 그리고 내가 사랑하는 사람들이 이 세상과 영영 단절된다는 것, 이 세상을 떠나가는 것이 너무나도 무섭기 때문에. 내 곁을 이렇게 아프게 떠나갈 거면서 왜 너를 사랑하게 만들었냐고 사랑으로 다가오는 많은 이들을 밀어내고 싶을 정도로 실은 나는 이별이 무섭다.

죽음 앞에서 그 누구도 초연할 수는 없겠지. 다만 바라는 것이 있다면 부디 내가 가슴에 묻고 살아야 할 사람들이 너무 많이 생기지 않기를 바랄 뿐이다. 내가 눈뜨고 살아가는 동안엔 내가 사랑하는 이들이 오래오래 행복하게 숨 쉬며 살기를 욕심낼 뿐이다.

생각해보니 내 주위 사람들이 행복하게 잘 살았으면 하는 마음, 그런 생각은 사실 다 나를 위해서였던 것 같다. 그러니 모두들 행복했으면 좋겠다.

AM 12:00 _

## 오늘, 머물러있는

## <사랑>

| 01 |

# 낭만

색소폰을 처음 배울 땐 아랫입술이 헐기도 하고,
심할 경우 피가 나기도 한대.
기타를 처음 배울 땐 손 근육이 욱신욱신,
손톱 밑이 아려와 딱딱한 굳은살이 박인대.
사랑을 처음 배울 땐 작은 일에도 가슴이 저릿하고,
눈물이 쏟아지기도 한대.

그러고 보니 아름다움, 낭만은 늘 아픔을 동반하는 것 같아.

"아름다움, 낭만은 늘 아픔을 동반하는 것 같아."

| 02 |

# 이따금씩

빈 물 잔에 물을 채우듯
누군가의 마음도 쉽게 채울 수 있다면 얼마나 좋을까요.
누군가의 마음을 빈틈없이 채워주는 일이
가능하긴 한 걸까요?
우리는 평생 완벽히 채워지지 않는 이 마음을,
'이따금'의 공허함과 외로움을 안고
살아야 하는지도 모릅니다.
부디 '이따금'의 공허함과 외로움이길,
이들이 마음에 자주 찾아오지 않길 바라면서.

"빈 물 잔에 물을 채우듯 누군가의 마음도

쉽게 채울 수 있다면 얼마나 좋을까요."

| 03 |

# 어렴풋사랑

강남역 12번 출구에서 우린 처음 만났어. 선선한 봄바람이 불어오는 오월의 어느 날이었지. 내가 기억하는 첫 데이트였어. 그때 우리는 서로 모르는 사이였잖아. 지난밤 길에서 네가 연락처를 물었고 다시 만날 것을 약속한 대화가 전부인 그런 사이.

소복이 쌓인 눈을 보며 간밤에 눈이 내렸었나 하는 생각이 드는 것처럼, 너를 향한 내 사랑도 소리 없이 시작되었어. 아마 네가 나에게 "저기요." 말을 걸었을 때부터 그래, 첫눈에 사랑이 시작되었는지도 몰라.

너와의 데이트를 앞둔 나는 하루에도 몇 번씩 마음이 울렁였어. 옷은 뭘 입고 나가야 할까. 너무 꾸민 듯한 모습은 네가 부담스러워할까. 그렇게 너를 만나기 세 시간 전. 하늘색 셔츠에 청바지를 입고 거울 앞에 앉았어. 웃어도 봤다가, 이런 저런 혼잣말도 중얼거려 봤다가. 머리를 묶었다가, 풀었다가 그때 나 얼마나 거울을 많이 봤는지 몰라.

그렇게 약속장소에 도착했고 저 멀리서 네가 보였어. 한쪽 손을 주머니에 꽂은 채 뚜벅뚜벅 걸어오는 너를 본 나는 황급히 고개를 돌렸어. 바보같이 떨려서 인사할 자신도 없었거든. 혹시 네가 나를 못 알아보면 그냥 여기서 도망쳐 집으로 가야지 했어.

"왜 나 봤으면서 모른 척해요?"

네가 나에게 건넨 첫마디였어. 새빨갛게 붉어진 나는 말을 이어나갔고 그렇게 우리의 첫 데이트가 시작되었어.

너는 분위기 좋은 파스타 집에 나를 데려갔어. 너와 마주 앉아 이야기하는데 바싹바싹 입이 말랐어. 물을 마시고 싶었는데 물 한 잔 마시기도 겁이 났어. 혹시 물 잔을 들다가 파르르 떨리는 내 손을 네가 보게 될까 봐. 그러면 내가 너무 부끄러워질 것만 같았어. 밥을 어떻게 먹었는지 기억이 잘 안 나. 그때 나 밥 먹다가 포크도 떨어뜨리고 그랬었지 아마.

그렇게 너와 나는 연인이 되었어. 그 이후 나는 네 작은 눈빛에도 고장 난 시계처럼 심장이 멈추는 날이 많았고, 수화기 너머 들리는 네 웃음소리에 가슴속에 작은 깃털이 살랑거리듯 간지러워 잠 못 이루기도 했지. 추운 겨울 카페에 마주 앉아 네 손을 마주 잡았다가 깍지를 꼈다가, 내 손을 쓰다듬었다가 또 내 머리를 쓰다듬던 네 손이, 이 모든 게 좋아서 행복이라는 단어가 온통 공기 중에 떠다니는 것 같았어.
나 자신보다 누군가를 더 아끼는 감정을 처음 알았던 나는 이 감정이 너무 벅차 한동안은 내 마음을 다독이기에 바빴어. 방금 밥 먹었으면서 네가 보고 싶어서 온종일 밥 못 먹었다고 거짓말도 했고, 너와 다툰 날엔 며칠을 밥도 잘 안 먹고 울기도 했어. 너에게 헤어지자는 말도 많이 했는데, 그때 나는 그렇게 해서라도 네 마음을 확인하고 싶었던 것 같아. 나만큼 너도 나를 많이 사랑하고 있는지, 내가 밀어내도 언제나 나를 찾아올 만큼 나를 많이 사랑하는지 어린애처럼 확인받고 싶었어. 그렇게 싸웠다가 헤어졌다가 다시 사랑했다가. 우리 안에 피어나는 모든 감정에 충실했어. 참 열심히 했지.

지금 생각해보면 그때 나 정말 많이 어렸어. 흔들흔들 외줄타기를 하듯 금방이라도 떨어질 것처럼 위태로웠어. 다행히도 지금은 나 그때처럼 첫 만남에 도망치고 싶은 생각도, 밥 먹다가 포크를 떨어뜨리는 바보 같은 행동도 하지 않아. 더욱이 헤어지자는 말로 사랑을 확인하는 못된 행동도 하지 않지. 너를 떠나 몇 번의 또 다른 사랑을 만나며, 나 꽤나 안정적인 사람이 되었어.

그런데 있지, 가끔은 그때가 그리워.
그래도 그땐 사랑한다는 말이 두렵지는 않았거든.
적어도 그땐 사랑이 뭘까, 고민하지 않았으니까.

왈칵 눈물을 쏟았어.
과연 나는 그때보다 사랑을 더 많이 알게 된 걸까,
혹시 사랑을 점점 잃어버리며 살고 있는 건 아닐까 싶어서.

|04|

## 어젯밤 꿈에

이건 너의 꿈 이야기야. 너는 종종 내 꿈을 꾼다고 했지. 네 꿈속에서 우린 늘 다투곤 했어. 따스한 햇볕이 내리 쬐는 어느 날이었어. 네 꿈속에서 나는 금발 머리에 높은 구두, 몸 선이 훤히 드러나는 검은 원피스를 입고 있었어. 누군가를 기다리는 듯했는데 이내 검은 차 한 대가 섰어. 차에서 낯선 남자가 내렸고 나는 반갑다는 듯 그에게 달려가 와락 그를 안았지. 그런 나를 멀리서 지켜본 너는 머리끝까지 화가 나 나에게 전화를 걸었어. 수화기 너머 서로의 고성이 오갔고 그렇게 우린 무참히 싸웠어. "이제 네가 지긋지긋해." 화가 난 나는 너에게 이별을 고했고, 내 목소리를 끝으로 너는 황급히 잠에서 깼어. 잠에서 깬 너는 너무나 생생한 꿈에 한동안 침대에 멍하니 누워 있어야 했지.

수화기 너머 진지하게 꿈 이야기를 하는 네 목소리에 나는 웃음이 났어. 금발 머리에 검은 원피스라니. 정말 말도 안 되게 나랑 안 어울리는 분위기잖아. 고성을 지르며 너와 싸운 적도 없었는데. 도대체 그런 상상은 어떻게 하는 건지 싶었어. 터무니없는 꿈이라며 대수롭지 않게 너와의 통화를 마쳤는데 그 꿈이 무엇을 말해주고 싶었던 걸까. 그리곤 머지않아 우린 꿈이 아닌 현실에서 이별을 맞이했어.

그런데 있잖아, 요즘엔 내가 무시무시한 꿈을 반복해서 꿔. 무슨 꿈인가 하면 내가 키우는 강아지 향이가 자꾸만 내 곁을 떠나는 꿈이야. 어느 날엔 산책하다 어디론가 숨어버리고, 또 어느 날엔 허공에 둥둥 떠 있다가 화르르 사라져버려. 그러면 나는 눈물범벅이 되어 온 동네를 떠돌며 향이를 찾아다니지. 나 역시 그런 꿈을 꾼 날엔 침대 위에 멍하니 멀뚱멀뚱 눈을 깜빡이며 마음을 진정시켜야 해.

무시무시한 꿈 이야기에 가까운 내 친구는 "꿈은 반대래. 향이가 네 곁에서 무럭무럭 더 잘 크려고 그런 꿈을 꿨나 보다." 라며 나를 다독였어. 도대체 '꿈은 반대'라는 말은 왜 있는 걸까. 왜 우린 이런 끔찍한 꿈을 꾸는 걸까. 문득 꿈은 무의식을 반영한다고, 무의식중 소중한 것들이 달아날까 두려워지면서 그와 반대되는 일들이 꿈으로 나타나는 건 아닐까, 하는 생각이 들었어. 원래 너무 소중하고 아끼면 혹여나 달아나버릴까 두려워지기 마련이니까.

깨고 나면 다시는 일어나지 않았으면 하는 꿈.
꿈은 반대였으면 하고 믿고 싶어질 정도의 무시무시한 꿈 말이야.

*그러니까 어쩌면 악몽은 정말 소중하게 아끼는 것들에 대한 또 다른 사랑표현일지도 몰라.*

"어젯밤 꿈에 너와 처참히 다퉜어."
이제야 알았어. 네가 왜 유독 나와 다투는 꿈을 자주 꿨는지.
네 꿈속에서 우리가 왜 그렇게 처참히 싸웠었는지.

너에게 사랑이 그렇게나 많이 소중했다니. 그렇게 나를 많이 사랑했다니. 그래, 그때 너는 나에게 사랑한다고 말했던 거야. 그랬던 거야.

| 05 |

# 이별을 연습하는 나에게

향이야, 늦은 밤, 잠든 너를 볼 때면 이상하게도 나는 눈물이 나. 새근새근 잠든 너를 품에 안고 너의 얼굴에 내 볼을 비비면 너는 '끄응, 끄응' 아기 소리를 내며 내 품에 더 깊게 파고들곤 하지.

"왜 그래 언니? 또 잠이 안 와?"

졸린 두 눈으로 나를 보며 내 얼굴을 핥아주는 너.

그런 너를, 늘 사랑을 가득 담아 나를 바라보는 너를 보며 못난 나는 슬픔을 불러와. 언젠가 너를 떠나보내야 할 시간을 앞당겨 그 슬픔을 미리 불러와. 사실 나는 너와의 이별이 너무나 두렵고 무섭거든. 그래서 비겁하게 매일 조금씩 너를 바라보며 우리의 이별을 연습해. 네가 떠나버리면 검은 파도가 내 몸 전체를 삼키듯 숨이 막힐 것만 같아서. 언젠간 찾아올 우리의 이별을, 그 감당하기 힘든 슬픔을 이겨낼 자신이 없어서 이렇게 나는 또 이별을 연습해.

'언젠간 너를 떠나보내야겠지.'
'언젠간 우리는 이별을 마주하겠지.'

까만 두 눈에 온통 나를 담으며 사랑을 쏟아내는 너를 보며 못난 나는 우리의 이별을 상상해. 늦은 밤 두려움에 울고 있는 나에게 그렁그렁 네 눈빛은 말하지.

숨 쉬는 그 날까지 나를 사랑해줄 거라고.
깨어있는 매초 매 순간 나를 사랑할 거라고.
아니,
숨이 멎어도 평생 내 가슴속에 사랑으로 남아 숨 쉴 거라고.
영원히 내 곁에서 나를 지켜줄 거라고.

까만 두 눈에 울고 있는 내 모습을 가득 담은 채
너는 내게 말하지.

다독다독, 울지 말라고.

"숨 쉬는 그 날까지 나를 사랑해줄 거라고.

깨어있는 매초, 매순간 나를 사랑할 거라고.

아니, 숨이 멎어도 평생 내 가슴속에 사랑으로 남아 숨 쉴 거라고."

| 06 |

# 침묵

"잘 지내. 그동안 고마웠어."
태연한 얼굴로 그가 말했다. 그런 그에게 나는 어떤 말도 건넬 수 없었다. 입이 떨어지지 않았다. 바싹 마른 입술을 꾹 '물었다, 풀었다.'를 반복할 뿐.

"우리 진짜 마지막인데 넌 나한테 해주고 싶은 말 없어?"
그가 물었다. '잘 지내. 좋은 사람 만나서 언제나 행복해야 해.' 내 머릿속에 흐르는 말들이 입술 주위를 머무르다 사라졌다. 결국, 나는 그에게 어떤 말도 하지 못한 채 뒤돌아섰다. 그게 우리의 마지막이었다.

마지막만큼은 그에게 좋은 모습을 보여주고 싶었다. 그런 마음에 아직 추운 날씨였음에도 화사한 봄옷을 꺼내 입고 그를 만났다. 평생 그는 이 마지막 모습으로 나를 기억할 테니까. 최대한 밝은 모습을 보여주려 애썼다. 그러나 결국 나는 그의 앞에서 어떤 말도 건네지 못한 채 쭈뼛쭈뼛 입술만 깨물었다. 이별은 언제나 아름답지 않았다. '그동안 잘해줘서 고마웠어. 넌 정말 좋은 사람이었어. 아프지 말고 잘 지내.' 아름다운 이야기를 나누며, 웃으면서 보내주는 그런 이별은 어디에도 없었다.

그는 알고 있을까?
내가 고작 '잘 지내'라는 말 한마디 그에게 건네지 않고 돌아섰던 진짜 이유를.

아직은 사랑이 안 끝나서 아무 말도 할 수 없었다는 것을,
'잘 지내' 이 말을 해버리면 진짜 끝일 것만 같아서,
성큼 다가올 이별에 자신이 없어서 그랬다는 것을.

내 침묵 안에 얼마나 많은 말이 흘렀었는지 그는 아마 모를 것이다. 절대로.

| 07 |

## 제 3자의 시선

휘청거리는 이별이라는 다리에 두 사람이 서 있어요. 이 중 한 사람은 나쁜 사람이 되기 마련이죠. 아름다운 이별은 어디에도 없으니까. 많은 경우 이별을 고한 쪽이 나쁜 사람 역할을 맡게 돼요. 가끔은 서로 나쁜 사람이 되기 싫어 이미 사랑이 모두 소진되었음에도 이별을 미루기도 하고요. "헤어지자는 말은 네가 해. 이 연애의 끝에서 나는 결코 나쁜 사람으로 남고 싶지 않으니까." 이렇게 말하면서요.

그래요. 차라리 헤어지는 마당엔 '차이는 쪽'이 속이 시원할 수 있어요. 적어도 사람들에게 나는 이 연애를 끝까지 포기하지 않고 붙잡으려 했다고, 떳떳하게 이별을 말할 수 있을 테니까요. 그러면 주위에선 삼삼오오 입 맞춰 말할지 모르죠.

사랑을 버린 것은 비겁한 일이라고. 그러니 헤어지잔 말을 잘못됐다고, 나쁜 사람이라고요. 혹 이리저리 입방아에 오르며 더 많은 이야기가 더해질지도 몰라요. 그 이야기가 진실인지 거짓인지 그것은 중요하지 않은 채로 말이에요.

그런데 있죠. 갑자기 그런 생각이 들었어요. 우리가 나쁜 사람이라고 손가락질하는 그 사람, 정말 나쁜 사람일까 하는 생각이요. 연애의 당사자가 아닌 우리가 이별을 고한 그 사람을 나쁜 사람이라고 말할 권리가 있긴 할까 하는 생각이요. 아니, 더 나아가 애초에 이 세상 사람들을 착한 사람, 나쁜 사람 이 두 부류로 나누는 것 자체가 가능하긴 할까 하는 생각이요.

나를 가슴 아프게 떠나간 그 사람도 혹 누군가에겐 진심 어린 사랑을 쏟았던 사람이었을지 모르잖아요. 늘 사랑 앞에 떳떳했다고 자신하는 나 역시 누군가의 마음을 아프게 했을지도 모르죠. 우린 누군가에게 한없이 착한 존재이지만 또 다른 누군가에겐 한없이 나쁜 존재이기도 한 그런 사람들이니까요.

지금 당신이 무심코 건넨 시선이 애꿎은 누군가를 나쁜 사람으로 만들고 있지는 않나요?
다시 한번 생각해봤으면 해요.
지금 당신이 바라보는 그 시선, 정말 괜찮은 건지.

이 세상엔 절대적으로 착한 사람, 나쁜 사람은 없으니까요.

|08|

## 아직은 울 수 있어서

"왜 헤어졌는데 말해봐."

헤어진 지 한 달째. 어디서나 씩씩하게 헤어졌다고, 이제 연애 같은 거 지겨워졌다고 말하던 내가 왜 이들 앞에서 바보같이 울고 말았는지. 가족들에게도, 회사 동료들에게도, 가까운 친구에게도 덤덤하게 남의 일인 것처럼 "나 헤어졌어. 잘했지?"라고 말하곤 했는데. 하필 걸핏하면 서로 아웅다웅 놀리기 바쁜 이 동기 모임에서 울고 말았는지 모르겠다. 그것도 삼겹살에 마늘, 양파, 갖은 야채를 수북하게 얹은 상추쌈을 우걱우걱 먹다가. 소주를 그렇게 많이 마시지도 않았는데.

"자책하지 마. 언니 잘못 아니야."

이별의 이유가 다 나 때문인 것 같아서, 내가 못나서 우리가 이렇게밖에 안됐다는 생각에, 마음에 쓰라린 상처가 난 듯 아팠다. "그 사람 정말 못됐지? 다행이야 그 사람이랑 결혼은 안 해서. 만약에 결혼까지 했어 봐. 어우 상상하기도 싫어." 차라리 실컷 욕이라도 하면 좋겠는데, '자책'이라는 단어로 이 이별이 한 번에 정리된다는 생각에 와르르 마음이 무너져 내렸다.

"나 이제 헤어지는 거 그만하고 싶어."
역시나 못난 표정으로 훌쩍이는 나에게 친구들이 한마디씩 말을 건넸다.

"저기, 너 울 때 진짜 못생겼어. 그러니까 그만 울고 밥 먹어."
"그래 언니. 밥 먹다가 우는 거 아니래."
"오늘따라 고기가 왜 이렇게 안 익지."

'인정머리 없는 것들아. 니들은 해줄 말이 이거밖에 없냐.' 찰나의 생각이 머릿속을 스치다 나 역시 언제 그랬냐는 듯 눈물을 닦고 한가득 상추쌈을 쌌다. 회사 일이 바빠 연애할 엄두가 안 난다는 친구, 오랫동안 취업준비를 하느라 힘든 친구. 이별이 아니어도 힘든 일은 많았다. 우는 내 모습을 보며 '인간아 내가 더 울고 싶다.' 생각이 들 정도로 우리는 각자

다른 모양의 삶의 무게를 짊어지며 살아가고 있었다.

실은 이별 뒤 내가 울지 못했던 가장 큰 이유는 사명감 때문이었다. 나를 위로하기 위해 모인 몇몇 자리에서 안쓰럽게 나를 바라보는 이들의 슬픈 눈을 어서 거둬주고 싶어서. “괜찮아. 내가 한두 번 이별해본 것도 아닌데 뭘.” 힘든 건 분명 나인데도 늘 내가 나를 위로하기에 바빴다. 그런데 오늘은 방심한 탓이었을까? ‘너 위로할 생각 별로 없어.’ 고기 굽기 바쁜 듯 덤덤하게 내 이야기를 듣는 이 친구들 앞에서 나는 애써 나를 위로하려던 두꺼운 사명감을 벗어던졌다. 그리고는 마음껏 내 마음에 묵혀둔 이야기를 꺼냈다. 사실 나는 지금 너무 힘들다고. 하루에도 몇 번씩 마음이 무너진다면서.

택시를 탔다. 술기운 때문인지 창문 너머 영롱하게 보이는 불빛들이 아른아른 예쁘게 보였다. 창문을 열고 틈 사이로 불어오는 바람을 만끽했다. '쓰읍…. 하!' 깊게 숨을 들이마셨다가 이내 숨을 내뱉었다. 조금은 마음이 평온해진 듯했다. '이별에도 면역이 생긴 걸까. 사랑의 감정을 이제 잃어버렸으면 어떡하지.' 아무리 사명감 때문이라지만 그간 이별을 덤덤히 여기는 내 모습이 어쩐지 낯설었다. 다시는 사랑을 못 하게 될까 봐 초조해져 더러 잠을 설치기도 했다. 그런 내가 드디어 이별에 왈칵 눈물을 쏟았다. 눈을 감고 가슴에 손을 얹었다. 그리곤 토닥토닥 마음을 다독였다.

나는 아직도 사랑 때문에 미어지게 울 수 있는 사람이라는 사실에 두 뺨을 타고 흐르는 뜨거운 이 눈물이 너무나도 고마웠다.

| 09 |

# 결혼이 하고 싶어?

'싹둑-' 허리까지 내려오던 긴 머리를 잘랐다. 꼬박 3년을 길러왔는데 고작 몇 초 만에 단발머리가 되다니. '헤어지자' 단 네 글자로 사랑이, 사랑이 아닌 게 된 우리 사이와 별반 다르지 않은 것 같아 울컥 눈물을 쏟았다. 모든 게 이렇게나 쉬웠는데 왜 나만 전전긍긍 어려웠을까.

그와 만남이 깊어질수록 늘 내 마음은 불안했다. 언제부터인지 내 연애의 종착점은 결혼이었고 그와의 그려지지 않는 미래에 늘 이별 염두에 두며 그를 만났다. 당장 결혼할 생각도 아니면서 왜 이렇게 마음만 조급한 건지. 서른, 나이는 숫자에 불과하다는데 어쩌다 내가 이렇게 결혼을 보채는 사람이 되어버린 건지.

나의 불안감 때문이었는지 어느 순간부터 우리 사이는 간이 덜 된 국처럼 밍밍해졌다. 즐겨 먹던 음식이 더 이상 맛있지 않았고 그의 생각만으로도 함박웃음을 지었던 내가 그의 작은 농담에 옅은 미소마저 아끼는 사람이 되었다. 거울을 봤다. 길게 늘어트린 머리, 두 볼에는 알 수 없는 심술이 가득 찬 내가 서 있었다. '내가 이렇게 못생겼었나.' 거울 속 내 모습이 싫어졌다. 다시 시작하고 싶었다. 생글생글 웃는 모습이 예뻤던 그때로. 반짝이는 두 눈에 누군가를 가득 담았던 그를 처음 알던 그때로.

*

사람은 태어나면서 저마다 보이지는 않는 작은 실을 손목에 묶고 태어난다. 이를테면 남자는 청실을, 여자는 홍실을. 이 실은 하나의 실로 연결되어있는데 두 남녀는 서로 만나기 위해 얽히고설킨 매듭들을 풀어야 한다. 우리가 인연이라고 믿었던 스쳐간 만남들은 둘 사이를 가로막는 깊게 묶여있는 이 매듭과도 같은 것인데, 어렵사리 몇 개의 매듭을 풀어가며 고비를 넘기다 보면 어느덧 이 둘은 서로의 앞에 마주하게 된다. 그리고는 찌릿, 전기가 통하듯 서로를 알아보게 된다. 아마 결혼한 사람들이 흔히 말하는 단골 레퍼토리인 이 말, '왠지 이 사람과 결혼하게 될 것 같다.'라는 이유 없는 확신으로. 막연하기 짝이 없는데 어떠한 말로도 형용할 수 없는 강력하고도 모순적인 느낌으로 말이다. 극심한 '인연론자'인 나는 만나야 할 사람은 반드시 만나게 되어있고, 헤어질 사람은 언젠간 헤어진다는 말을, '운명적인 사랑'을 믿으며 살고 있다.

돌이켜보면 이십 대 초반에 나는 '결혼'이라는 단어를 그저 남의 일이라고만 생각했다. 생각이 가벼울수록 오히려 좋은 생각들이 더 많이 떠오른다고 그때 나는 꽤나 결혼에 희망적이었던 것 같다. 무슨 자신감인지 그때는 내 미래의 배우자가 키도 크고, 잘생긴 얼굴에 능력도 좋고 성격까지 좋은 완벽한 남자일 것으로 생각했다. 어디선가 두 발 뻗고 잘살고 있는 이 남자와 스물여덟 정도, 적어도 서른을 넘기기 전엔 당연히 한 이불 덮고 살게 될 거라고 생각했다. 그때 나에게 결혼은 보이진 않지만 어두컴컴한 이 긴 터널을 지나고 나면 눈부시게 마주할 꿈과 희망의 나라라고 생각했다.

그런데 사랑 앞에 울고불고 매달리며 몇 번의 매듭을 풀다 보니 단발머리에 그렁그렁 울고 있는 오늘의 나를 만나고야 말

았다. 이제는 결혼이란 걸 할 수는 있을까. 흠잡을 데 하나 없는 상상 속의 내 배우자는 어디서 뭘 하면서 살고 있을까. 아니, 살았는지 죽었는지조차 알 길이 없다. 나도 새하얀 웨딩드레스를 입고 수줍은 미소를 잔뜩 머금은 신부가 되는 날이 오긴 오는 걸까. 막연하게 이 세상에 단 하나뿐인 그를 만나게 될 날을 생각하니 외려 괘씸한 마음이 들었다. 그에게 심심한 넋두리라도 하고 싶어졌다. 아니 지금 마음 같아선 시원하게 멱살이라도 잡고 싶다.

대체 왜 이제 나타났냐고. 내가 얼마나 마음을 졸였었는지. 이 세상에 영영 나 혼자 남겨진 채 살아가야 될까 봐, 밤마다 내가 얼마나 불안했는지 알기나 하냐면서.

삐쭉삐쭉 뻗치는 단발머리를 매만지며 그날을 생각하다 또다시 그렁그렁 눈물을 쏟았다.

| 10 |

# 그 음악은 흐르지 말길

그 음악은 흐르지 말길.

그 거리에, 그 공기에서만큼은

제발 그 음악이 흐르지 말길 바랐어.

| 11 |

## 길고양이를 안아주지 마세요.

길고양이를 예뻐하지 마세요. 환하게 웃어주고 쓰다듬어 주지 마세요. 혹여나 길고양이가 배를 보이고 당신 앞에 누워도, 당신의 발 위에 얼굴을 베고 잠에 취하더라도 결코 안아주지 마세요.

어느 날 길고양이를 안아버린 당신으로 인해, 길고양이는 늘 그 따스한 온기를 찾아 떠돌아야 했어요. 당신이 떠나간 줄도 모르고 다시 안아줄 것만 같아 온 동네를 헤매며 찾아다녔어요. 혹시 크게 울면 다시 찾아올까 봐 며칠을 목 놓아 울기도 했죠. 저 멀리 걸어가는 사람들이 온통 당신인 것만 같아 온종일 누군가의 뒤를 쫓아다녔어요.

그렇게 당신을 찾아 헤매던 어느 날 낯선 이를 만났어요. 당신처럼 따뜻한 온기로 자신을 안아주기를 기대하며 한걸음에 달려갔죠. 그러나 그렇지 않았어요. 낯선 이는 길고양이를 따뜻하게 안아주지 않았어요. 이유 없이 미워하고 밀쳐내 마음을 불안하게 만들었어요. 결국, 상처를 입은 길고양이는 낯선 이에게서 도망쳤어요.

이제 길고양이는 더 이상 사람을 믿지 않아요. 누군가 자신을 향해 손을 뻗으면 온몸에 날을 세우고 경계를 멈추지 않아요. 뚜벅뚜벅 다가오는 발소리만 들려도 잽싸게 몸을 숨기곤 해요. 또 상처를 입게 될까 봐 겁이 나거든요.

몸을 웅크린 채 살아가다 보면 이 길고양이도 언젠가 따스한 온기를 닮은 또 다른 누군가를 만나게 되겠죠. 그동안 추운 곳에 웅크리며 사느라 고생했다고, 이제 따뜻한 집에서 함께 살자며 집고양이로 만들어줄 사람이 나타날지도 몰라요. 그러나 길고양이는 한 발짝도 움직일 수 없을 거예요. 그에게 달려갈 수 없을 거예요. 전처럼 안아달라고 사랑을 갈구할 용기가 안 날 테니까요. 이제는 사람이, 사랑이 무서워졌거든요. 상처를 입지 않게 스스로를 보살피고 싶어졌거든요. 그렇게 길고양이는 집고양이가 될 기회를, 온전한 사랑을 받을 기회를 영영 잃어버리고 말 거예요.

길고양이를 예뻐하지 마세요. 환하게 웃어주고 쓰다듬어주지 마세요. 혹여나 길고양이가 배를 보이고 당신 앞에 누워도, 당신의 발 위에 얼굴을 베고 잠에 취하더라도 결코 안아주지 마세요.

길고양이를 그저 길고양이로 두고 가버릴 생각이라면
당신을 믿고 다가가는 이 진심을 가볍게 여길 생각이라면 안아주지 마세요.
부디 이 길고양이 같은 내가 온전한 사랑을 받을 기회를 앗아가지 말아 주세요.

| 12 |

# 다른 말이 필요해

미안해, 늦어서.

미안해, 연락을 못 해서.

미안해, 걱정시켜서.

…

미안해, 더는 너를 사랑하지 않아서.

네가 했던 '미안하다.'는 이 말이 어느 순간

'사랑하지 않는다.'는 말로 들릴까 봐.

나는 늘 너의 미안하다는 말에 마음을 졸여야 했어.

역시 사랑하는 사이엔 미안하다는 말은 하는 게 아닌가 봐.

나를 정말 사랑한다면 미안하다고 말하지 마.

너에게만큼은 미안하다는 말 대신 다른 말이 필요하니까.

| 13 |

# 기억의 기억

몇 주 전 뜻하지 않은(?) 과음으로 난생처음 기억이 통으로 날아가는 진기한 경험을 했다. 어떻게 기억이 이렇게 하나도 안날 수가 있지. 머리를 열심히 쥐어 짜보아도 통 기억이 나지 않았다. (아, 물론 집에는 잘 왔으며 물론 이 또한 자랑은 아니다.)

퇴근길. 오늘도 열심히 집을 지키고 있는 향이 생각에 어서 발걸음을 서두르다가 어라, 현관문 비밀번호가 생각나질 않았다. 매일 세세히 번호를 떠올리지 않고 현관 앞에서 그저 습관처럼 문을 열었던 탓인지, 머릿속에 비밀번호를 떠올리려 하니 까마득히 기억이 나질 않았다. 애써 번호판을 허공에 띄우고 손을 휘휘 저어 가며 기억을 더듬어보아도 좀처럼 떠오르지 않는 우리 집 현관 비밀번호.

'이러다 집에 못 들어가는 거 아냐.'

그렇게 나름 심각하게 귀갓길을 걱정하던 중 친구로부터 전화가 왔다. 한참을 "내가 요즘 이렇게 사네." "너도 그랬구만." "이러쿵저러쿵" "깔깔깔" 수다를 늘어놓다 보니 금세 집 앞에 도착했다. 그리고는 '띠띠--….' 언제 비밀번호를 잊었냐는 듯 고민할 틈도 없이 현관문 비밀번호를 누르고는 무사히 집에 들어갔다. 전화를 끊고 옷가지들을 정리하다, 문득 떠오르는 생각.

'어라, 나 어떻게 집에 들어왔지.'

또다시 현관문 비밀번호를 떠올려봤는데 역시나 기억이 나질 않았다. 나 진짜 왜 이래. 다시 현관문 앞으로 가 '후-' 심호흡을 한 번 한 뒤, 도어락을 올리니 그제 서야 몸이 기억한 듯 손가락을 이리저리 꼼지락거리며 문을 열었다. '아 이 번호였구나.' 나 참 뭐하는 짓인지 모르겠지만 그렇게 우리 집 현관문 비밀번호를 다시 외웠다.

*

평소에 나는 읽을 책들을 미리 사두는 편이다. 마치 냉장고를 열어 오늘은 뭘 먹어볼까? 하는 것처럼 그날의 기분에 따라서 책을 골라 읽는 것을 좋아하기 때문이다. 그렇게 이 책 저 책을 사다 보니 내 책장엔 꽤나 많은 책들이 쌓였다. '오랜만에 책장 정리를 좀 해볼까.' 싶어 먼지 쌓인 책들을 꺼내보다 내 눈에 밟혀버린 한 권의 책.

'왜 나는 너를 사랑하는지, 그 사랑의 이유를 찾아야 하는 순간이 온다면, 그땐 이미 사랑이 아닐지도 몰라. 나는 그저 네가 너이기 때문에….'
〈왜 나는 너를 사랑하는가〉 책 속 푸른 속지 위 작고 정갈하게 적힌 그의 글들. 그에게 책을 선물 받은 지, 그래 6년이 지났다. 그동안 내 기억 속에 그는 오늘 내가 우리 집 비밀번호를 떠올리는 것만큼이나 까마득하게 잊힌 지가 오랜데. 이상하게도 글자들을 보는 순간 책을 처음 받았던 그때 그 기억이 화르르 떠오르고야 말았다. 되감기를 하듯 빙빙빙, 그때 그 기억 속을 헤맸다. 스물네 살. 내 사물함에 초콜릿과 함께 넣어두었던 그의 책 선물을 발견하고는 두 볼을 감싸며 행복해하던 내 모습.

붉어졌다가, 웃음이 났다가, 조금은 따끔거렸다가….
오랜 기억 속을 더듬으며 알 수 없는 감정들이 휘몰아치다가 간신히 정신을 차리고 방 청소를 마무리했다.

기억이라는 것에도 우선순위가 있는 것일까. 아무리 떠올리고 싶어도 떠오르지 않은 기억이 있고 아무리 지우고 싶어도 지워지지 않는 기억이 있다. 그 기억이 좋든 나쁘든 상관없이 좀처럼 쉽게 잊히지 않는 순간들. 여전히 어제 일처럼 떠오르는 생생한 기억들.

아주 어릴 적 이유를 모른 채 하염없이 눈물을 흘리던 엄마의 얼굴. 그를 처음 만난 날 비 오는 봄날의 공기. 반복되는 이별에 더 이상 울지 않는 내가 너무나도 낯설게 느껴졌던 어느 겨울 버스 안.

오늘도, 내일도, 지나고 나면 내 머릿속 한편의 기억으로 자리 잡을 텐데. 몸이 반응하듯 생생하게, 잊히지 않고 자리 잡을 기억은 어떤 것들일까.

부디 웃는 날들이 많았으면.

일기장에 주문을 외우듯 쓰는 문장처럼,

웃는 날들, 웃는 내 모습이 많이 떠올랐으면 좋겠다.

| 14 |

# 그 눈빛으로 평생을 살기도 해

## 1. 트라우마

열다섯, 반지하에서 살 때가 있었다. 반지하에서 살면 바깥에서 집안이 훤히 들여다보일 것이라는 일반적인 생각과 달리, 우리 집은 고개를 무릎까지 숙여야만 내부가 보이는 그런 곳이었다. 창문 너머로 종종 지나가는 사람들의 종아리가 보이곤 하던 그런 곳. 그때 나는 '굳이 누가 우리 집을 들여다볼까.' 싶어 종종 거리낌 없이 창문을 열어두고 생활하곤 했다.

어느 더운 여름날이었다. 그날 역시 창문을 활짝 열어 둔 채

낮잠을 청했다. '위잉-위잉-' 등 뒤로는 시원한 선풍기 바람이 불어왔고 한가한 오후, 선선한 바람, 이 모든 순간이 평온하게 느껴졌다. 그렇게 눈을 감고 깊은 잠에 빠져들던 찰나, 감은 두 눈 위로 낯선 눈동자가 스쳤다. '누군가 나를 보고 있는 것만 같아.' 불쑥 창문 밖에서 누군가 자는 내 모습을 보고 있는 것 같은 느낌이 들었다. '눈을 떠볼까?, 모른척해야 할까?' 어느덧 내 상상은 실제가 되어갔고 걷잡을 수 없는 공포에 휩싸였다. 선풍기 바람이 불어오던 등 뒤는 이내 식은땀으로 가득 찼다. '설마 그럴 리가. 나 지금 상상하고 있는 거잖아.' 상상인 줄 알면서도 생생하게 느껴지는 누군가의 시선에 온몸이 뜨거워졌다. '그만해! 이건 단지 상상이야!!' 그렇게 나는 감았던 눈을 부릅떴고, 끝내 낯선 남자의 눈동자를 만나고 말았다.

오 대 오 앞머리에 무테안경을 쓴 남자. 창문 너머에 낯선 남자가 엎드려 누운 채 나를 바라보고 있었다. 아직도 나는 그때 그 남자의 눈빛을 잊을 수 없다. 마치 죽은 생선의 눈깔 같았던 그 사람의 눈빛을.

"누, 누구야……!!!"
'탁-…. 타다다닥'

놀란 나는 겁에 질려 소리쳤고 남자는 어디론가 잽싸게 달아났다. 어느새 내 얼굴은 눈물범벅이 되었고 그 일이 있고 얼마 지나지 않아 우리 집은 다른 곳으로 이사를 했다. 그 남자의 눈동자를 본 건 단 한번, 그날이 마지막이었다. 그러나 나는 그 날 이후 문이 열려있으면 잠이 들지 못하는 강박을 갖게 되었다. 방문뿐만 아니라 창문까지 꼭 닫아야 잠이 들 수 있는 강박. 그렇게 자기 전 방문단속은 나의 필수 점검사항이 되었다.

## 2. 터닝포인트

똑같은 이별로 역시나 혼자가 되었던 날. '이번 주말엔 또 뭐하지.' 주말을 어떻게 보낼까 싶어 인터넷을 이리저리 뒤적였다. '북토크' 평소 좋아하는 작가의 북토크가 열린다는 소식을 접한 나는 일 초의 망설임도 없이 주말 일정을 확정지었다.

그렇게 고대하던 주말이 찾아 왔다. 북토크는 여느 북토크와 다름없이 책 이야기, 작가의 이야기, 그리고 살아가는 모든 이야기들로 채워졌다. 끝 무렵엔 작은 사인회도 열렸다. 그렇게 특별할 것 없는 주말이 지나가고, 이틀, 사흘, 나흘…. 그날 이후 나는 하루에도 몇 번씩 그날 만난 작가의 눈빛을 떠올렸다. 따뜻한 눈빛 뒤 어딘지 모르게 슬픔이 서려있는 그 사람의 눈빛을.

"글 쓰는 일이 생각보다 쉬운 일이 아니에요. 가끔은 아무도 만나기 싫을 때도 있고요, 나 혼자만의 동굴에 들어가고 싶을 때도 있죠." 그가 건넨 이야기 또한 자주 머릿속에 맴돌았다. '그 힘든 마음을 내가 알아주고 싶은데. 내가 그에게 좋은 친구가 되어줄 수는 없을까. 나도 글이라는 것을 써보면 그의 마음을 헤아릴 수 있지 않을까.'

어느 봄날, 갑작스레 만개한 벚꽃나무를 본 것처럼 그를 향한 내 사랑도 한가득 만개한 채 찾아왔다. 아니 그 사람을 얼마나 안다고 사랑에 빠지느냐며 누군가는 고개를 갸웃거리겠지만, 원래 사랑이 그렇지 않나. 사랑은 원래 의심 없이, 예고 없이 찾아오지 않나. 그렇게 그를 짝사랑해서 시작한 글쓰기가 모여 한 권의 책이 되었고, 이 책은 앞으로 내가 '작가'라는 꿈을 꿀 수 있게 만들어준 내 인생의 유리구두가 되었다.

3. 1,2 위 두 글은 나의 '트라우마'와 '터닝포인트'에 대한 이야기이다. 이 둘은 내 인생의 잊지 못할 순간들이라는 점에서 참 많이 닮아있다. 공교롭게도 그 순간이 누군가의 찰나의 눈빛에서 시작되었다는 점도.

4. 그러니 나 역시 다른 건 몰라도 눈빛만큼은 맑은 사람이 되고 싶다. 눈빛에서 진심이 묻어나는 사람이 되고 싶다. 내가 그랬듯 누군가 역시 내 찰나의 눈빛으로 평생을 살아가게 될지 모를 일이니 말이다.

| 15 |

## 당신은 내 인생의 터닝포인트예요

누군가의 인생이 반짝이게 된 계기가 바로 나라니.
세상에 이보다 더 아름다운 존재의 의미가 있을까.

| 16 |

# 파도

이유를 알 수 없는 파도가 쳐요.

잔잔히 흐르는 까만 밤바다를 보고 싶어 이 바다로 달려왔는데 왜인지 모르게 바다는 거친 파도 소리만을 들려주네요.

고백하자면 내 사랑이요, 이 파도를 많이 닮았어요.

내 사랑은 언제나 무모했으니까요.

조금 더 살펴보고,

조금 더 알아차리고 사랑을 시작하면 좋았을걸.

커져 버린 마음을 붙잡기에도 벅차 거친 파도에 휩쓸리듯

덥석 사랑을 시작해버렸으니까요.

사랑을 시작한 후에야 겨우
잔잔해진 마음을 들여다보고는 바보 같은 생각을 해요.
'어쩌다 난 여기까지 왔을까.' '지금 난 잘하고 있는 걸까.'
막연하게 이 파도가 무서워지는 거예요.
이제 와서 정말 어쩌자고.

항상 그래 왔어요 나는.
결코, 사랑에 빠지려고 빠져버린 게 아니었어요.
같은 실수를 반복하면 더 이상 실수가 아니라고 하던데
이제는 그저 내가 이런 사람이지 싶어요.
사랑 앞에 대책이라곤 전혀 없는 그런 사람이요.

어느 밤에는 다급하게 찾아온 이 사랑이 너무 버거워
코 밑까지 이불을 덮고는 숨죽여 울어버릴 때도 있어요.

사랑에 자주 탈이 나는 그런 사람이에요.
이런 나라도 당신, 정말 괜찮겠어요?

| 17 |

# 그럼에도

"사랑해."
어느 순간부터 이 세 글자 앞에 작게 읊조린 말이 있다.

'그럼에도'

반짝반짝 빛나지 않아도
칠흑 같은 어둠이 깔려도
너와의 모든 것이 불안해도

그럼에도 너와 함께 하고 싶다는 말.

누군가에게 사랑을 말하고 싶어질 때
나는 가슴 속 깊은 곳에서 이 말을 함께 꺼낸다.

그럼에도.
그럼에도 나는 너를 사랑한다고.

AM 12:01 _

## 내일, 다가올

## 〈꿈〉

| 01 |

## 어쩌다가

호의를 호의로
진심을 진심으로
다정함을 다정함으로

사랑을 사랑으로
너를 그저 너로

어쩌다가 이 좋은 단어들이 이렇게 어려워졌는지.
정말 어쩌다가.

| 02 |

# 염원의 빛

루프탑. 높은 곳에 올라가 야경을 봤다. 깜깜한 밤하늘 아래 즐비한 크고 작은 집들. 선선히 부는 바람, 알록달록 영롱한 불빛들을 보고 있자니 막연한 불안감에 습기 가득했던 내 마음이 조금은 보송보송해지는 듯했다. 밤하늘만큼이나 깜깜한 앞으로의 날들, 미래에 대한 두려움도 이렇게 위에서 내려다보니 작은 불빛에 불과할 뿐이었다. 하루에도 수십 번 나를 괴롭혔던 이 고민이 작은 점에 불과하다는 생각에 잠시나마 마음이 놓였다.

한참 동안 야경을 바라보다 어느 작은 불빛 하나에 오래 눈길이 머물렀다. 저 방엔 누가 살고 있을까. 이 늦은 시간까지 저 방의 주인은 왜 잠을 이루지 못하고 불을 켜놓았을까. 수

능을 앞둔 어느 수험생의 방이지는 않을까. 아니면 사랑하는 사람을 떠올리며 잠 못 이루는 누군가의 방이지는 않을까.

늦은 밤 오랫동안 켜져 있는 불빛들을 바라보니 마치 저 빛들이 무언가를 간절하게 원하는 마음, 저마다의 염원으로 보였다. 그리고는 생각했다. 무심결에 켜 놓은 누군가의 작은 빛이 또 다른 누군가에겐 위로가 된다는 사실을.

'나라는 존재, 그리고 나의 작은 염원이 누군가에게 위로가 될 수 있다니.'

가슴이 답답할 때 우리는 종종 야경을 본다. 왜 우리는 야경을 보는 것만으로도 이렇게 마음이 풀어지는 걸까. 눈앞에 펼쳐진 야경을 감상하는 일이 실은 서로의 염원을 알아주는 일이기 때문은 아닐까. 서로의 마음에 켜 놓은 작은 염원들을 부둥켜안아 주는 일이기 때문은 아닐까.

오늘 밤, 어떤 두려움으로 인해 밤새 내 방 불을 밝게 켜 놓는다 할지라도, 그리고 그 두려움이 작은 불빛에 지나지 않는다 할지라도. 그 작은 불빛에 누군가는 위로를 받을지 모를 일이니 어떤 일을 염원하는 일, 마음의 방에 불빛을 켜놓는 일은 분명 그 자체만으로도 값진 일일 것이다.

|03|

## 내가 사는 세상

“녹록치 않은 세상이에요. 은영 씨가 생각하는 것만큼 세상은 그렇게 아름답지 않아요.”

가끔 나에게 건네는 이야기들. 실은 나도 알고 있다. 이 세상 살아가기 너무 버겁다는 것도, 낭만적이지도, 아름답지도 않다는 사실도.

초등학교 이후 통 소식을 접하기 어려웠던 친구와 오랜만에 연락이 닿았다. 친구는 어릴 때부터 큰 키에 또렷한 이목구비로 한눈에 보아도 참 예뻤었는데, 글쎄 미스코리아가 되어있었다. 십 오 년 만에 만난 우리 둘은 한참 동안 그간 살아온 이야기들을 주고받았다. 변한 듯 변하지 않은 친구를 바라보다 문득, 우린 서로 다른 세상에 사는 듯했다. 한없이 여유로워 보이는 친구의 삶이 부러워서였을까. 하는 일도, 만나는 사람도, 우리는 다른 삶을 살고 있는 듯했다. 나의 삶에선 가히 상상하지 못하는 친구가 사는 세상. 물론 친구 역시 내가 사는 세상이 낯설게 느껴졌겠지.

*

며칠 전 경의선 철길을 지나다 이십 대 초중반쯤 보이는 앳된 여자 두 명이 말을 걸어왔다. 그날 역시 내 책 〈짝사랑계정〉 소개를 위해 서점들을 기웃거리고 있었던 차, '얼굴에 덕이 많아 보여요. 잠시 이야기 좀 할 수 있을까요?' 나름 이들의 입에서 흘러나올 이야기를 짐작하며 가던 길을 멈추었다. 그러나 나는 예상 밖의 이야기를 들었다. 이들은 독립영화 시나리오를 쓰는 사람들이었는데 평범한 시민들의 의견이 필요해 간략한 인터뷰를 요청하고 싶다는 이야기였다. 추후에 따로 약속을 잡고 인터뷰를 하고 싶다고 하길래, 마침 갈 곳을 잃은 내 짝사랑 책들을 건네며 연락을 달라고 했다.

그렇게 그들과의 만남을 약속한 당일이 되었다. 막상 약속장소에 나가려 하니 두려움이 엄습해왔다. '이 세상이 얼마나

흉흉한데 모르는 사람과 만나서 이야기를 해.' '혹시 어디로 잡혀가면 어쩌지?' '그냥 가지 말까?'

갖가지 고민이 뒤엉켜 몇 분의 시간이 흐르던 찰나, 그래도 갑작스러운 당일 약속취소는 실례라는 생각에 경계심을 가득 안고 약속장소로 향했다. 그렇게 도착한 약속장소에는 지난번 봤던 소녀들이 아닌 낯선 여자가 앉아있었다.

"안녕하세요. 이쪽으로 앉으세요."
나와 여자는 어색하게 웃었고 인터뷰는 시작되었다. 간략한 자기소개와 하는 일, 보통 살아가는 이야기들을 나누다 보니 꽤나 오랜 시간이 흘렀다. 그리고 어느새 여자와 나는 가슴 속 켜켜이 묵혀두었던 서로의 고민을 털어놓고 있었다. 오랜 친구에게조차 쉽사리 꺼내지 못했던 가슴속 이야기들을 오늘 처음 만난, 아니 앞으로 두 번 다시 볼일 없는 이 사람에게 와르르 쏟아낸 이유는 무엇일까. 그렁그렁 눈물을 머금은 채 서로의 이야기에 연신 끄덕여준 것은 왜였을까.

그렇게 인터뷰를 마치고, 카페 문을 나서다 잠시 숨을 고루 쉬었다.

'휴, 그래도 괜찮은 세상이구나.'

짧은 한숨과 함께 이 세상을 향해 품었던 경계의 끈도 조금은 느슨해졌다. 카페에 나와 경의선 숲길을 걷는데 오늘따라 햇볕도 따뜻하고 선선한 바람에 나뭇잎들도 귀엽게 리듬을 타며 흔들거리고 있었다.

충분히 아름다운 세상이었다.

세상은 내가 보는 만큼, 내가 느끼는 만큼의 모습으로 내 눈앞에 놓여진다. 어떻게 느끼고 어떻게 살아가는지에 따라 이 세상은 아름다운 빛으로 가득할 수도, 차가운 공기로 꽉 차버릴 수도 있다. 이왕 사는 세상 아름다운 것들 위주로 보면서 지금처럼 좋은 쪽으로 생각하면서 살아야겠다. 그게 내 정신건강에도 좋을 듯싶으니. 어차피 이 세상은 내가 사는 세상이니 말이다.

내가 사는 세상은 충분히 아름답다.

|04|

# 자랑이 사랑으로 들릴 때

"나는 네가 참 뻔뻔한 사람 같아."

지인에게서 들은 이야기가 오랫동안 머릿속에 맴돌았다. 평소 SNS에 내 책과 관련된 이야기들을 자주 올리곤 했는데 그 모습이 누군가의 눈에는 뻔뻔하게 내비쳤구나 싶었다. 순수하게 글쓰기가 좋아 시작했던 일이 한 권의 책으로 완성되었고, 감사하게도 누군가에겐 꽤나 좋은 느낌으로 읽혔다. 이런 일련의 과정들을 거치면서 내 가슴 속엔 작은 욕심이 피어나기 시작했다. '더 많은 사람이 내 이야기에 공감해주었으면.' '사실 우린 같은 생각을 하고 있잖아요. 당신도 별다를 것 없이 그렇게 사는 거 다 알아요.' 나의 진심을 담은 글이 누군가의 마음에 관통하기를 바라는 마음에 책과 관련된 작은 뉴

스거리, 책 속 좋은 글귀들(물론 지극히 내 기준이다.)을 SNS에 게시했다. 욕심이 과해진 나는 급기야 책 속 이야기로 자작곡을 만들기까지 했고, 결국 누군가의 눈에 굉장히 뻔뻔한 사람으로 비춰지는 결과를 초래했다.

"내 책 좋은 내용 많아요."
"이것 보세요. 나 꽤 잘나가요."

SNS 속 나는 마치 휴대폰가게 앞 펄럭이는 공기 인형처럼 '나 좀 봐주세요.' 관심받고 싶어 이리저리 춤추고 있었으니 말이다.

사실 더 솔직해지자면 책을 낸 후 나는 절실히 깨달았다. 내 책을 내가 알리지 않으면 아무도 내 이야기에 귀 기울여 주지 않는다는 사실을. 그래서 부단히 노력이라도 해야 했다. 나 좀 알아봐 달라고. 내 이야기에 관심을 가져달라고. 혹자는 나를 알리기 위한 글쓰기보다 나 스스로를 위한 글을 써야 한다고 하지만, 내 기준에서는 아무도 읽어주지 않는 글, 공감해주지 않는 글은 어떤 의미도 없었다. (이 또한 지극히 내 기준이다.)

책이 나오고 이 세상에 좋은 책이 이렇게나 많았나, 싶을 정도로 정말 많은 책을 만났다. 좋은 책과 내 책이 비교될 때마다 초라해진 마음에 건들면 툭- 콩이 되는 콩 벌레처럼 마음이 움츠러들곤 했다. 쥐구멍이라도 있으면 숨고 싶은 날도 많았다. 늦은 밤 침대에 걸터앉아 다른 책을 읽으러 자세를 취했다가도 이내 불안해진 마음에 다시 내 책을 집어 들곤 했다. 그렇게 나는 자주 부끄러움 속을 허우적거리다 잠이 들곤 했다.

이런 내가 부끄러움을 무릅쓰고 뻔뻔해질 수 있었던 이유는 단 하나이다. 내가 내 책을 부끄러워하는 순간 이 모든 것들이 아무것도 아닌 일이 될 것임을 잘 알기에. 나라도 내 책을 사랑해야 했다. 뻔뻔하게 살다 보니 좋은 점도 있었다. 바로 이 세상 많은 자랑이 다르게 보이기 시작한다는 것. 얼마나 그 대상을 아끼고 사랑하면 이렇게 남들에게 알리고 싶을까, 하는 생각에 남들의 자랑 역시 따뜻한 시선으로 바라보게 되었다는 것. 마주치기만 하면 자식 자랑을 늘여놓는 엄마 친구는 자식을 너무나도 사랑하기 때문이고, 은근슬쩍 애인 자랑을 하곤 하는 내 친구 역시 그를 많이 사랑하기 때문이라는 것을 알게 되었다.

‘자랑’을 ‘사랑’으로 보기 시작하니, 모든 자랑에 힘껏 박수 쳐주고 싶은 마음이 들었다.

아, 물론 여전히 SNS에 뻔뻔스럽게 게시할 내 책 자랑에 응원의 박수를 바라며 이 글을 적는 것은, 결코 ‘그.런.것.만.은’ 아니다.

| 05 |

## 서른다섯이라니

한 달 전 후암동 독립서점을 돌아다니다가 괜스레 허해진 마음에 발길이 이끄는 곳을 따라 동네 산책을 했다. '과연 내가 하는 이 모든 것들, 잘하고 있는 걸까? 나는 과연 앞으로 어떻게 살아갈까.' 흐린 날씨만큼 먹구름이 잔뜩 낀 무거운 마음을 안고 이곳저곳을 누비다 툭- 발걸음을 멈췄다. 우연인지 필연인지 내 발끝은 청사초롱이 영롱하게 매달려있는 어느 점집을 가리키고 있었다. 평소 사주팔자를 아주 잘 믿는 편인 나는(올해도 이미 두 번 정도 봤다.) '과연 나에게 작가라는 직업이 어울릴까.' 답을 구하기 위해 힘껏 문을 열고 안으로 들어갔다.

'짤랑-'

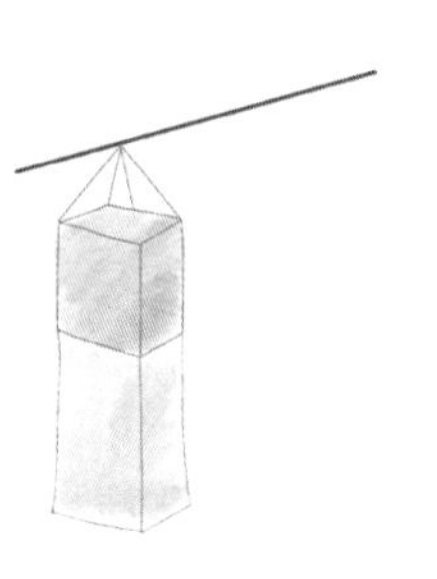

"나는 과연 앞으로 어떻게 살아갈까…"

문을 열고 들어간 곳엔 앳돼 보이는 한 여자가 앉아있었다. 점집에 가면 늘 그렇듯 먼저 간단한 자기소개 시간을 가진다. 여기서 '자기소개'라 함은 생년월일, 태어난 시, 이름, 간혹 사는 곳 정도를 이야기하는 것이다. 그렇게 간단한 자기소개를 마치자 젊은 점쟁이는 깊은 한숨을 내쉬며 낮은 목소리로 읊조렸다.

"서른다섯까지는 시집가기 힘들겠는데…."

아니…….
아니……!!
서른다섯이라니…

저기요, 서른다섯이라니요….

스물여덟 살부터 줄곧 결혼이 하고 싶었던 나에게 '서른다섯까지 시집을 못 간다'는 말은 너무나 가혹한 말이었다. 오늘은 특히 결혼이 주 관심사가 아니었음에도 놀란 나는 토끼눈이 되어 "네에…??? 서른다섯이요???"라고 되물었고, 젊은 점쟁이는 대수롭지 않다는 듯 다시 대답했다.
"네 서른다섯이요."

당황스러워진 나는 그렁그렁 빨간 토끼 눈이 되어

"네에…? 저는 지금 당장에라도 좋은 사람 있으면 시집가고 싶어요. 아니 최소한 삼십 대 초중반, 그러니까 서른다섯 전에는 꼭 시집가고 싶다고요."

그때부터 시작되었다. 젊은 점쟁이와의 전쟁이.

젊은 점쟁이: 올해 제일 무기력한 한 해를 보내셨는데….

토끼 눈 나: 아닌데요? 올해 저는 하고 싶었던 책도 내고, 사람들도 많이 만나고 나름대로 동분서주 바쁘게 살았는데요. 올해만큼 행복한 해가 없었다고요.

젊은 점쟁이: 그렇게 행복한데 여길 왜 찾아오셨죠?

토끼 눈 나: 아니, 꼭 불행해야 점을 보러 오는 건 아니잖아요.

젊은 점쟁이: 아무튼 서른다섯까진 시집 못 가요. 제 이야기가 기분 나쁘시면 돈 내지 말고 그냥 가세요.

대화는 점점 산으로 갔고, 실은 앞으로 내가 글을 쓰며 살아도 괜찮은지가 궁금해서 왔다며 급히 화제를 전환했다. 대답은 앞으로 글은 써도 된다는 간단명료한 이야기였고, 나는 꾸역꾸역 울음을 참으며 돈을 내고 점집을 나왔다. 점집을 나온 나는 결국 참았던 눈물을 터뜨리고 말았다. 정말 웃기고 슬프게도 나는 점집 옆 주차장 주위를 서성이며 몇 분 동안이나 눈물을 훔쳐야 했다. 아, 집에 가는 버스에서도.

그리곤 다짐했다. 앞으론 절대로 점집에 발을 들여놓지 않겠다고. 다시는 점 따위는 믿지 않겠다고 말이다. 어떤 만남은 그 세계와의 단절의 계기가 되기도 한다고 그렇게 나는 좋아했던 점집에 발을 들이지 않겠다는 큰 결심을 했다.

아, 만약에 정말 그 젊은 점쟁이의 말대로 비극적으로 내가 서른다섯까지 시집을 못 가게 된다면 그때 다시 점집에 발을 들일지도 모르겠다. 혹 그렇게 된다면 내 주위 나만큼이나 점을 맹신하는 지인들에게 알려주어야겠다. 그 용한 점집이 어디였는지.

부디 나를 포함한 나의 지인들이 그 점집에 드나드는 일이 없었으면 좋겠다.

|06|

# 이 소설의 디테일은 내가 정한다니까

'이 길이 내 길인 줄 아는 게 아니라 그냥 길이 거기 있으니까 가는 거야.' 가수 장기하와 아이들의 〈그건 네 생각이고〉라는 노래 가사이다. '어쩌다 글이 쓰고 싶어졌을까.' 문득 생각이 들 때가 있다. 불과 일 년 전까지만 해도 지금 내 삶은 가히 상상할 수 없는 것들이었는데. 그렇다. 돌이켜보면 지금껏 내가 살아온 날들은 이 노래 가사처럼 늘 내 예상과 다르게 흘러가곤 했다.

어릴 때 나는 무척 숫자에 약한 아이였다. 민수와 지혜는 왜 카드 게임을 하다 실수를 해서 내가 이 확률문제를 풀어야 하는지, 소금물 속 소금의 양을 왜 내가 알아야 하는지, 턱을 괴고 불만 가득 찬 얼굴로 책상에 앉아있었던 아이. 안 풀리는 수학문제를 붙잡다가 '민수와 지혜는 어떻게 친해졌을까?' 생각이 자주 삼천포로 빠져 이내 책을 덮어버리던 그런 아이였다. 이렇다 보니 수학시험 전날엔 긴장한 탓에 통 잠을 못 이뤘고 밤을 꼴딱 새우고 시험을 보러 가는 날도 많았다. 참 아이러니한 점은 그런 내가 숫자를 자주 다뤄야 하는 경제학을 전공했다는 것이다. 당연히 대학 학과 수업은 내 적성이 아니었고 학과 시절 열심히 한다고 해도 늘 원하는 결과가 나오지 않으니 공부는 나의 주 관심사가 아니었다. 그런데 웬걸, 또 한 번 아이러니하게도 졸업 후엔 늘 숫자와 친하게 지내야 하는 증권회사에 입사했다. 아니 이제는 정말 내가 숫자를 싫어하긴 하는 걸까, 스스로에게 물음을 던져야 할 것 같다.

인간관계 역시 뜻대로 되지 않았다. 누구보다 마음을 터놓고 가깝게 지내던 사람이 뒤돌아보니 남보다 못한 사이가 되어 있기도 했고 또 그 자리를 생각지 못한 다른 누군가가 채우기도 했다. 영원할 것 같았던 친구도 이런저런 이유로 멀어졌고 함께한 시간과 우정은 비례하지 않다는 것을 증명이라도 하려는 듯 불쑥 막역한 친구가 생기기도 했다.

다시 말해 내 삶은 정말이지 내 뜻대로, 내가 원하는 대로 흘

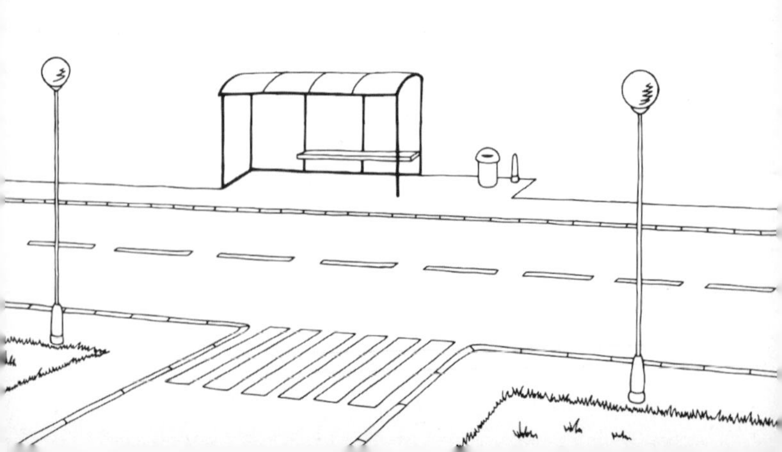

러간 적이 없었다. 문득 이런 생각이 스쳤다. 어느 작가가 내 인생의 줄거리를 첫 페이지부터 마지막 페이지까지 다 적어 놓은 건 아닐까, 하는 생각. 그런 줄 까맣게 모르는 나는 이리저리 넘어지고 일어서기를 반복하며 묵묵히 이 줄거리를 수행하며 살아가고 있는 것은 아닐까. 가끔은 이런 생각이 살아가면서 겪는 크고 작은 상처에 연고가 되어주기도 했다. 아무리 노력해도 뜻대로 안 되는 일들은 애초에 작가가 정해놓은 길이 아니었다고 생각하면 되니까. 사랑 역시 마찬가지였다. 곁에 두려고 부단히 애를 써도 떠나가는 인연은 결코 내가 못나서가 아니었다. 단지 나를 위해 짜놓은 로맨스 드라마의 남자주인공이 그가 아니었을 뿐이라고 생각하면 그만이었다.

어쩌면 운명은 거스를 수 없다는 내 이야기에 누군가는 고개를 가로저을지도 모르겠다. 또 다른 누군가는 모든 것이 정해져 있다면 삶이 무슨 의미가 있겠느냐고 반문할지도 모를 일이다. 이 역시 틀린 말이 아니기에 다시금 생각해보기로 했다. 정말 내 말대로 많은 것들이 정해져 있다면 그 안에서 나는 어떤 의미를 찾으며 살아야 할까.

여름밤 선선하게 불어오는 바람 소리에 잠시 가던 길을 멈추었다. 그리곤 눈을 감았다. 귓가엔 바람에 흔들리는 나뭇잎 소리가 들려왔고 싱그러운 풀잎 향이 내 코끝을 스쳤다.

바람에 흔들리는 나뭇잎을 막을 순 없지만 산들거리는 나뭇잎 소리에 행복을 느끼는 것은 내 몫이지 않을까. 시원한 밤공기를 들이키며 평온함을 느끼는 것, 이 또한 내 몫이지 않을까.

살아가며 마주치는 크고 작은 만남 역시 내 뜻대로 되지 않지만 이 만남 안에서 고마움을 느끼는 것, 사랑을 느끼는 것은 내 몫이지 않을까.

'얼마나 느끼면서 살아가느냐.'
이것만큼은 정말이지 내 의지이지 않을까.

내 인생의 줄거리를 쓴 작가마저도 매 장면 주인공의 마음이 진심으로 행복했을지, 슬펐을지, 그 마음까지는 알 길이 없을 테니 말이다.
그러니 운명의 수레바퀴 같은 이 소설 속 디테일은 내가 정하기로, 진정 그러기로 했다.

| 07 |

# 시나브로 어른이

올해로 서른 살이 된 나는 안타깝게도 '어른'이 되고야 말았다. 아니다, 다시 정정하면 '어른'이란 이름으로 불리고야 말았다. 절망적이게도 나 스스로는 단 한 번도 어른이 되었다고 생각해 본 적이 없음에도 불구하고.
어른은 '무엇이든 자기 일에 책임을 질 수 있는 사람'이라고 하던데 가고 싶은 곳이 생겨도 내 힘으로 운전해서 가지도 못해, 뭐 하나 속 시원하게 고르지도 못해, 이렇게 내 몸 하나 건사하기도 힘들 지경인데 어른이라니 이를 정말 어쩌지 싶다. 부끄럽게도 내 방 정리 하나도 제대로 못 하는 나에게 아직도 우리 엄마는 "으이구, 너를 내가 아니면 누가 키워. 아무도 못 키우지."라고 말씀하시니 말이다.

아무튼, 그린 내가 서른이라니.

며칠 전 나와 같은 처지에 놓인 이 십년지기 친구들을 만났다. 커피 한 잔을 시키고 "그래 우리도 이제 서른이다." "아무것도 변한 게 없는데 우리 정말 어떻게 하냐." 넋두리를 늘여놓다가 공교롭게도 똑같은 포즈로 앉아있는 우리 셋을 발견했다. 의자에 몸을 젖힌 채 팔짱을 끼고는 '어른 싫어, 나이 먹기 싫어.' 얼굴에 잔뜩 먹구름이 낀 표정을 하고 있는 나와 나의 친구들.

"저기 그런데, 우리 왜 다 이렇게 팔짱 끼고 있는 거야?"
"설마 이 포즈도 나이 먹었다는 증거니…?"
"가만 보니 애들이 어른 흉내 낼 때 꼭 팔짱을 끼는 것 같은데?"

팔짱 끼고 앉아있는 모습조차 어른의 모습인 것 같아 우리는 화들짝 팔짱을 풀어버렸고 약속이라도 한 듯 누구도 그날만큼은 다시 팔짱을 끼지 않았다. 집에 돌아가는 길에 고고하게 팔짱을 끼고 커피를 마시던 웃기고 슬픈 우리 셋의 모습이 자꾸만 떠올랐다.

팔짱을 끼는 심리는
'무언가 불안할 때' 혹은 '무언가로부터 자신을 보호하고 싶을 때'라고 하던데.

어른이 된다는 게 뭘까?

막연하게 앞으로 살아가야 할 날들이 두려워지기 시작할 때, 혹은 그동안 이리저리 채이며 상처받았던 날들로부터 이제는 나를 보호해주고 싶어질 때, 그때 우리는 이미 어른이 되어버린 것은 아닐까.

우리는 조금씩, 매일매일 어른으로 자라고 있는지도 모른다.

| 08 |

# 문득, 평생을 살아

“세탁기 사요, 컴퓨터사요.” 잡상인 트럭이 요란스럽게 지나가는 일곱 살의 어느 날. 빨간 유치원 가방을 어깨에 메고 집으로 돌아가던 평범한 가을날이었어. 하루를 마친 해는 서서히 저물어 갔고, 하늘에는 울긋불긋 단풍을 닮은 노을이 피어있었지. 처음 보는 빨간 하늘에 공명을 느끼듯 두 눈은 반짝였고 급히 고개를 들어 붉게 물든 노을을 바라보았어.

그때였어.

‘찰칵.’

붉은 태양을 바라보다가 마치 한 장의 사진이 빛을 내며 찍히는 듯 머릿속을 스치는 생각.

'어른이 되면 나는 어떤 모습일까?'
'스무 살 언니가 되었을 때 나는 어떤 얼굴일까?'

왜 그럴 때 있잖아. 문득 먼 미래의 내 모습이 궁금해질 때 말이야. 그렇게 머릿속에 하얀 도화지 하나를 펼치고는 스무 살의 내 모습을 떠올려 봤어. 그러나 나는 미래의 내 모습을 단 하나도 그릴 수가 없었어. 일곱 살의 나에게 스무 살의 내 모습은 저만치 멀게만 느껴졌거든. 마치 그날이 오지 않을 것만 같았거든.

그렇게 나는 또다시 수많은 길을 걸었고 수십 번의 붉은 노을을 마주했어. 그리고 지금, 놀랍게도 나는 어느덧 스물을 넘어 서른의 문턱까지 올라와 버렸어.

"연일 봄을 시샘하는 꽃샘추위가 기승을 부리고 있습니다. 두툼한 외투를 다시 꺼내 입으셔야 하겠는데요. 서울의 현재 기온은…"

이른 아침 출근길 버스 안 날씨를 알리는 라디오 방송이 흐르고 있고 창문 너머엔 아침 햇살이 내리쬐고 있어. 검은 가죽 핸드백을 손에 든 나는 버스 손잡이를 잡은 채 창가 너머를 바라보았지. 도로를 빽빽하게 메운 차들이 빨간불을 '켰다, 껐다'를 반복하며 각자의 길을 바쁘게 건너가고 있었어. 빨간불, 노란불 차들의 불빛들이 마치 일곱 살쯤 보았던 해 질 녘의 노을빛과 닮아있다는 생각이 들었어.

그때였어.

'찰칵.'
또다시 머릿속에 미래의 내 모습이 스쳤어.

'쉰 살의 나는 어떤 모습일까?'
'그때 나는 어떻게 살아가고 있을까?'

그러나 역시 나는 쉰 살의 내 모습을 떠올릴 수 없었어. 서른 살의 나에게 쉰 살의 내 모습 역시 멀게만 느껴지거든. 마치 그날이 오지 않을 것만 같아. 쉰 살의 내 모습이 도무지 상상이 안 가서 피식피식 웃음이 날 정도랄까.

서른이면 다 큰 어른이라고만 생각했는데 아직도 먼 미래의 내 모습이 그려지지 않는 걸 보니, 아직도 나는 일곱 살의 꼬마와 다르지 않은 것 같아.

그래.
어쩌면 우리는 각자의 가슴에 일곱 살 꼬마의 모습을 품고 사는지도 몰라.
쉰 살엔 아마 일흔의 내 모습이 그려지지 않는다며 그렇게 말이야.
일흔에도 여전히 일곱 살 꼬마의 모습을 가슴에 품으면서 그렇게 말이야.

우리는 이렇게 문득, 평생을 그리며 사는지도 몰라.

| 09 |

# 등잔 밑 행복

출근길. 겨울에 새벽 출근을 하다보면 마치 출근길이 한밤중인 것 같은 착각이 들 때가 있다. 오늘도 여느 때와 다를 것 없이 어두컴컴한 출근길을 나섰는데, '한밤중에 비가 왔었나.' 바닥이 촉촉하게 젖어있었다. 걷다 보니 하나, 둘, 내 시야를 가리는 하얀 조각들. '눈'이었다. 겨우 눈 뭉치로 만들어진 듯 작은 눈이 소리 없이 내리고 있었다. 이제 막 내리기 시작했는지 새벽녘 눈 내리는 공기엔 적막함이 흘렀다. 한 걸음, 두 걸음 걸어가는 내 발끝을 밝혀주듯 한 조각, 두 조각 내리는 흰 눈들. 혹 누가 깰까, 발뒤꿈치를 들고 총총걸음을 걷는 듯 사려 깊은 눈들이 내리고 있었다. 그렇게 몇 걸음을 더 걸었을까, 어느새 하얀 눈들로 촉촉이 젖어 있는 내 어깨 위. '어…? 생각보다 눈이 많이 내리고 있구나….' 그렇게 나는 내리는 눈들을 피해 발걸음을 서둘렀다.

눈을 피해 버스정류장 처마에 서있던 나는 문득 신호등 너머 먼발치를 바라보았다. 뜻밖에도 내가 바라본 먼 곳에는 언제 눈이 내렸느냐는 듯 고요하기만 했다. '참 이상해. 내 어깨 위는 이렇게 젖어있는데 왜 먼 곳을 바라보면 눈 내리는 모습이 보이지 않을까.'

그러다 불쑥 내 시야에 들어온 가로등 하나.

노란 가로등 불 밑으로 흰 눈들이 쏟아지고 있었다.
마치 가로등 불이 바쁘게 흰 눈을 쏟아내는 듯, 그 모습이 참 예뻐 한참을 쳐다보았다.
그리곤 이내 옅은 미소를 지었다.

'행복'

어쩌면 행복 또한 지금 내리는 이 눈처럼 보이지 않는 곳에서 매일 바쁘게 내리고 있었던 건 아닐까. 소리소문없이 내 어깨에, 내 주위에 찾아와 있었던 것은 아니었을까.

오늘은 특별히 나도 모르게 내 주위에 찾아와
쉼 없이 내리고 있었을 사소한 행복들을 찾아보기로 했다.

| 10 |

# 퇴사선고

## 1. 불치병

갑작스럽게 불치병에 걸린 듯했다. 평범한 어느 오후 '띠리리-' 울려오는 전화를 받았는데, 전화기 너머 들려오는 고객의 목소리가 내 귓속을 후볐다. "아 이 아가씨 말을 왜 이렇게 못 알아들어…!" 정화되지 않은 단어들이 쉴 새 없이 내 귓바퀴를 내리꽂았고 수화기를 들고 있던 어깨가, 그리고 두 볼이 미세하게 떨려왔다. 이내 가슴이 두근거리더니 등 근육이 굳는 듯했다. 간신히 통화를 마치고 심호흡을 할 겸 사무실 밖으로 나갔다. 평소 내가 사랑하지 않는 사람들이 쏟아내는 무례한 언행들에 크게 개의치 않아 하는 성격인데, 이상하게도 그 날만큼은 가빠오는 숨, 울렁이는 마음을 쉬이 진정시키기 어려웠다.

그렇게 퇴사를 결심했다. 한번 회사를 나오고 싶다는 생각을 하니, 생각이 걷잡을 수 없을 만큼 빠르게 번졌다. 회사에서 일하는 동안 하루에도 몇 번씩 가빠오는 숨을 참았고 수시로 세면장을 드나들며 마음을 다독였다. '어차피 한 번뿐인 인생, 내가 좋아하는 일들 하면서 살면 안 될까?' '그래서 이제 뭘 할 건데…?' 일하다 말고 멍하니 고민하는 시간이 늘어갔다. '옷 가게를 해볼까?' '아니면 예전부터 하고 싶었던 서점을 차려봐?' 어느 날엔 회사만 나가면 승승장구 모든 일이 잘 풀릴 것만 같아 기분이 고조되다가도 또 다른 어느 날엔 이 모든 상상이 물거품인 것 같아 땅 끝까지 기분이 가라앉기도 했다. 수시로 마음이 널을 뛰니 회사 일이 힘든 건지 아니면 내가 나 스스로를 힘들게 하는 건지조차 알 수 없는 지경에 이르렀다.

"내 장점이 뭐야? 세 가지만 말해줘."
답답한 마음에 가까운 지인들에게 내 장점에 대해 물었고 돌아온 답변 중 몇 가지의 공통점을 추려보았다. 이것들을 살리면서 할 수 있는 것들이 무엇이 있을까. 그렇게 또 한동안 내 마음은 맑음과 흐림 사이를 오갔다. '글쓰기를 좋아하니 책 편집 아르바이트를 해볼까.' 하루에도 몇 번씩 구인구직 사이트를 들락날락했고 그러던 어느 날 번뜩, 운명처럼 새로운 직업을 만나게 되었다.

## 2. 바람

다니는 회사와 새롭게 다니고 싶은 회사 사이에서 나는 열심히 저울질했다. 그 안에서 스스로에게 여러 가지 물음을 던졌다. 내가 정말 원하는 것이 무엇인지에 대하여. 안정적인 직업? 돈을 많이 주는 것? 아니면 일을 통한 자아실현? 마음속에 두 개의 방을 만들어 놓고 어느 날엔 이쪽 방에서 시간을 보내고, 또 다른 날엔 다른 쪽 방에서 시간을 보냈다. 호기심으로 시작한 외도가 점차 깊어지면서 양쪽 다 놓지 못하는 내 모습에 가끔은 죄책감이 밀려왔다. 익숙해지면 소중함을 모른다고 하지 않았나. 연애할 때 보면 보통 이러다 나중에 크게 후회하던데…. 또다시 나는 복잡해진 머릿속을 덜어내느라 한동안의 시간을 흘려보내야 했다.

## 3. 이별

아무리 고민해도 '헤어져야 한다.'는 결론이 나면 우리는 각자 이별을 위한 시간을 가진다. 나름의 절차라고 해야 할까. 어떤 이는 상대에게 우리 사이가 소원해지고 있음을 넌지시 알리기도 하고 또 다른 이는 혹 상대가 나를 실망시킬 것을 대비해 늘 가슴 한편에 이별을 움켜쥐고 다닌다. 그도 그럴 것이 밥 먹다 갑자기 "우리 헤어져." 이별 선고를 할 수 없는 노릇이니까. 만나온 시간이 길 다면 더욱이나.
나 역시 그랬다. 언제쯤 퇴사선고를 해야 할까. 늘 보이지 않는 사직서를 가슴 속에 꽂고 다녔다. 아주 진상 고객을 만나

퇴사 계기를 만들어 주었으면 좋겠다는 생각이 들던 찰나 꽤 괜찮은 시나리오의 고객을 만났다. 늘 그렇듯 이별은 생각보다 빨리 찾아온다. 그렇게 나는 그날로 내 마음속에 퇴사 선고를 내렸다.

역시 모든 이별은 쉽지 않았다. 원래 떠나가는 사람이 더 마음이 아픈 법이라고, 함께했던 사람들의 표정들이 내 마음을 더 따끔거리게 했다. 차라리 어떻게 바람을 피웠느냐며 시원하게 물이라도 끼얹으면 내 마음이 좀 편했을까. 나를 괴롭히는 상사, 동료가 없었기에 아쉬움과 섭섭함의 눈빛을 마주할 때면 마음에 눅눅한 빗물이 고이는 듯했다. 조금만 툭 건드려도 고인 빗물이 눈물이 되어 쏟아질 것 같아 조심조심 마음을 옮기려 애를 썼다. '내가 이렇게 이 사람들에게 마음을 줬었나.' 내 마음을 자주 다독이며 애써 핑 도는 눈물을 참아냈다.

## 4. 답

원래 사람은 큰일을 겪게 되면 주위를 둘러보게 되어있다고, 나 역시 그랬다. 퇴사를 앞두고 이 사람 저 사람을 붙잡고 내가 선택한 길에 대한 답을 물었다. 그러나 돌아오는 대답은 제각각이었다. 어떤 이는 왜 좋은 회사를 나오려 하냐며 몇 시간에 걸쳐 나를 붙잡고 열변을 토했고, 또 다른 어떤 이는 좋아하는 일에 도전하는 용기에 응원의 박수를 보낸다고 했다. 그리고 남은 다른 이는 내 선택에 어떠한 말도 하지 않았다. 그저 묵묵히 나를 믿어주었을 뿐이었다.

이들의 말 속에서 나는 결국 정답을 찾지 못했다. 다만 내가 찾은 작은 답이 있다면 그것은 이들 모두 나를 굉장히 사랑하고 있다는 아주 고마운 사실이었다.

## 5. 나는 나를 사랑해

그렇게 오늘 나는 새로운 세상을 향해 뛰어들었다. 새로운 곳에서 나는 또 어떤 사람들을 만나며 이야기를 만들어 낼까. 망망대해에 나 홀로 놓인 듯 앞으로의 날들이 까마득하지만 이렇게나 많은 물이 이미 엎질러졌으니 별수 있나.

그저 나를 한번 믿어보는 수밖에.
언제 어디서든 나는 잘할 수 있다면서 매일같이 나를 격려해 주는 수밖에.

| 11 |

## 그러니까 열심히라도 해

“어느 한 구절이라도 치열함이 보였으면 좋겠습니다. 그 치열함에 내 마음이 동요되었으면 합니다.” 신인 가수의 자작곡을 평가하는 음악 예능 프로그램을 보다가 내 마음에 훅 들어온 가수 유희열의 심사평.

‘치열하게.’

전에 무한도전에서 댄스스포츠 특집을 방영한 적이 있었다. 일명 ‘쉘 위 댄스 특집.’ 몸치, 박치에 무대 울렁증까지 있는 여섯 남자가 석 달 가량 댄스스포츠를 배워 경연대회에 참가하는 내용이었다. ‘저 실력으로 무대에 오를 수 있을까?’ 싶을 정도로 뻣뻣하기 그지없는, 그래서 안 웃고는 못 배기는 그들의 춤사위에 일주일의 피로가 사라지는 듯했다. 경연 당일, 통 잠을 못 이뤘는지 퀭한 안색의 멤버들이 나타났다. 그간 이들의 노력을 잘 알고 있는 나를 포함한 시청자들은 이미 너그러운 사람들이 되어있었다. 예능 프로그램에서 경직된 얼굴로 말 한마디 나누지 않는 그들의 모습을 충분히 이해할 만큼.

드디어 경연 시작. 무대 한편엔 불안한 표정의 무한도전 멤버가 자세를 취하고 있었다. 한 치의 흐트러짐 없이 음악이 흘러나오기만을 기다리는 그의 모습. 화면을 뚫고 나오는 듯 생생하게 전달되는 긴장감에 나 역시 깍지를 꼭 끼고 방송을 시청했다. 이내 경쾌한 음악이 흘러나왔고, 그동안의 노력이 빛을 발휘하는 듯 그는 한발 한발 음악에 맞춰 춤을 추기 시작했다. 표정 없이 춤을 추는 그의 모습은 사람이 아닌 것처럼 보였다. 마치 오즈의 마법사에 나오는 깡통 로봇 같다고 해야 할까. 조금은 웃긴 그의 모습을 바라보던 다른 멤버들은 하나, 둘, 울음을 터뜨리기 시작했다. 떨리는 두 볼, 그렁그렁 눈물이 차오르는 그들의 얼굴이 화면에 한가득 잡혔고 무한도전 특유의 재치 있는 자막들이 더해졌다. '아, 이건 분명 웃긴 장면인데 왜 자꾸만 눈물이 나지…?' 어느새 내 두 볼에도 주룩주룩 눈물이 흐르고 있었다. 그렇게 나는 정말이지 이상한 사람처럼 TV를 보며 웃으면서 울고 있었다. 결국, 무한도전 멤버 전원은 댄스경연대회 본선에 진출하지 못했고 그렇게 이 특집은 마무리되었다.

그날 방송 이후 포털 실시간 댓글을 보니 나뿐만 아니라 많은 시청자가 한마음으로 이상한 사람이 되었다고 했다. 다시 말해 다들 TV를 보며 웃으면서 울었다고. 첫 장기 프로젝트였던 댄스스포츠 특집 이후 무한도전은 대중들에게 더욱 큰 사랑을 받았고, '국민 예능'이라는 값진 타이틀을 얻게 되었다.

문득 생각해 봤다. 왜 우리는 완벽하지 않은 아니, 허점투성이인 이들의 모습에 그토록 열광했던 걸까. 왜 잘하지 못한 경기를 보며 다 같이 이상한 사람이 되어 웃었다가, 울었다가 마음을 다해 응원의 박수를 보냈던 걸까. 그건 바로 잘하진 못해도 열심히 해보려고 노력했던 그들의 치열함 때문은 아니었을까.

이 세상에는 날 때부터 이미 많은 것을 가지고 태어나는 사람들이 있다. 이를테면 타고나게 예쁘고 잘 생긴 사람. 혹은 타고나게 머리가 좋은 사람, 타고나게 그림을 잘 그리는 사람.

배가 아프지만 인정해야 할 것이 있다. 그들은 조금 덜 치열해도 많은 사람으로부터 인정받을 수 있다는 사실. 왜냐고? 그들은 날 때부터 그렇게 잘 타고 났으니까. 문제는 나를 포함해 날 때부터 굉장히 평범했던 사람들인데, 우리는 적어도 치열은 해야 하지 않을까 싶다. 원하는 꿈, 원하는 사랑, 그리고 원하는 삶을 위해서 한 번쯤은 '치열하게' 살아봐야 하지 않을까. 생각건대, 누군가 건네는 '그렇게 열심히 살지 않아도 된다.'는 말은 사실 굉장히 무책임한 위로인지도 모른다.

그래서 나는 차라리 '치열'이라도 해보기로 했다.
잘하지 못해도, 턱없이 부족해도 인정받을 방법.
서툰 내가 누군가의 마음을 움직일 비장의 무기는 바로 '치열함'이라고 믿으면서.

| 12 |

# 울기 좋은 밤 열두 시

나갈 채비를 할 때 내가 가장 먼저 하는 일은 렌즈를 끼는 일이다. 어릴 때부터 눈이 안 좋았던 나는 대략 10년 정도 렌즈를 껴왔다. 내가 눈이 좋지 않다는 사실을 알게 된 건 초등학교 1학년 때였다. 내 기억에 그때 내 시력은 오른쪽, 왼쪽, 0.8 정도였던 것 같다. 그땐 왜 그렇게 안경이 쓰고 싶었는지. (같은 반 친구 중 안경 낀 예쁜 친구가 있었나. 물론 추측일 뿐이다.) 아무튼 시력검사 후 조금 더 눈이 나빠지면 안경을 써야 한다는 선생님의 말에 부푼 희망을 안고 눈이 나빠지기 위한 갖은 노력을 다했다. 될 수 있으면 TV를 가까이서 봤고 일부러 불을 켜지 않은 채 책을 보기도 했다. 그때의 노력 때문이었을까. 학년이 올라갈수록 차츰 내 눈은 나빠져 갔고 결국 중학교 2학년 즈음이 되자 칠판의 글씨가 잘 보이지 않기 시작했다.
나 참, 중학교 때엔 왜 그렇게 또 안경이 쓰기 싫었는지. 막상 눈이 나빠지니 안경은커녕 그 당시 친구들 사이에서 유행하던 눈동자가 까맣게 보이는 서클렌즈에 관심을 갖기 시작했다. 그렇게 십오 년의 시간이 흘렀고 시간의 흐른 만큼 내 시력도 점차 나빠져 갔다. 이제는 렌즈나 안경을 쓰지 않고는 가족, 친구도 못 알아볼 정도가 되어버렸으니 서글프기 그지없다.

요즘 내가 쓰는 렌즈는 한 달에 한 번씩 새 렌즈로 갈아 쓰는 투명렌즈인데, 매번 새 렌즈를 뜯을 때면 비장한 마음이 든다. 왜인가 하면, 새 렌즈 끼는 한 달 동안엔 제발 울지 말아보자는 이상한 다짐을 하고 있으므로. '며칠 전 퇴사하고 족히 1리터 우유 팩 정도는 울었고, 그 이후에도 시시콜콜한 연애문제로 늦은 새벽까지 눈물을 쏟았지….' 지난달 울었던 날들을 복기하며 이번 달엔 부디 울지 말아보자는 새 다짐을 한다. 오전 열 시. 그렇게 오늘 나는 새 렌즈를 뜯으며 새 마음가짐으로 하루를 시작했다.

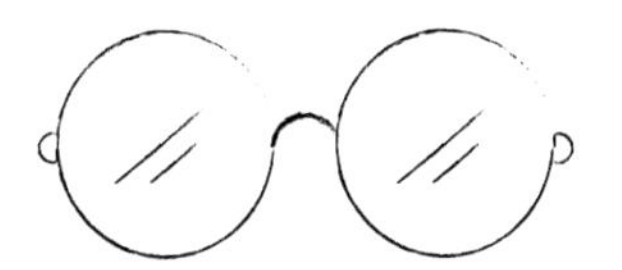

## 1.

글 쓰는 나에게 프리랜서 일이 좋은 이유는 딱 한 가지이다. 종종 '뜨는 시간'이 주어진다는 것. 한 두 시간 빈 시간이 생길 때면 나는 카페에 앉아 원고를 쓰거나 책을 읽는다. 오늘은 간만에 책을 사러 강남역 어느 서점으로 향했다. 읽어봐야지 마음먹은 지 오래된, 그러나 바빠서 이제야 찾게 된 책 한 권을 사 카페에 갔다. 적당히 안락한 자리를 정하고 따뜻한 차 한 잔을 주문했다. 자, 이제 본격적으로 독서를 시작해보려는 찰나, '슥-' 손가락 사이 무언가 깊숙이 들어가는 날카로운 느낌이 들었다. 부푼 기대를 안고 넘긴 첫 장에 그만 손을 베고 만 것이다. 종이는 내 두 번째 손가락 첫 마디에 족히 삼 센티는 들어갔고 베인 틈을 비집고 빨간 핏물이 새어 나왔다. 그리곤 나도 모르게 눈물이 찔끔 새어 나왔다. 이 눈물은 내가 새 렌즈를 끼며 울지 않겠다고 다짐한 지 다섯 시간 만에 나온 첫 번째 눈물이었다.

## 2.

베인 손가락 위에 휴지를 대고 피가 멈추기를 기다렸다. 간단한 응급처치 후 다시 책 읽기에 몰입했다. 몇 시간의 시간이 흘렀고, 바삐 자리를 떠 다음 일정을 소화했다. 사람들을 만나 다음 일정을 소화하는 도중에도 나는 따끔거리는 손가락을 남몰래 감싸야 했다. 그렇게 하루를 마치고 집에 돌아왔는데 꽤 시간이 흘렀음에도 여전히 베인 손가락의 욱신거림은 멈추지 않았다. 세면장에 들어선 나는 최대한 베인 손가락에 물이 묻지 않도록 조심하며 샤워기를 틀었다. 그러나 '쏴아-' 시원한 물줄기가 얼굴 위로 쏟아져 내리고 말았다. 손가락에 온통 신경을 쓰느라 샤워기 설정을 바꾸는 것을 잊은 탓이었다. 결국 나는 얼굴에 물 폭탄을 맞고 말았고, 눈에 들어간 물 때문에 또 한 번 주르륵 눈물을 쏟아야 했다. 이 눈물은 내가 새 렌즈를 끼며 울지 않겠다고 다짐한 지 열 시간 만에 흘린 두 번째 눈물이다.

## 3.

그렇다. 살다 보면 부푼 기대가 외려 상처가 되어 돌아오기도 하고, 예상치 못한 순간에 왈칵 눈물을 쏟는 날이 있기도 하다. '다짐'이란 것 역시, 반드시 지키려는 마음가짐이 무색하게 쉽게 무너져 버리기도 한다. '원래 사는 게 다 그런 거지.' 이 세상 모든 고난이 시원히 해결되고야 마는 마법 같은 이 말을 입안에서 오물거리며 잠을 청했다.

## 4.

여름과 가을 사이인 날씨. 햇볕은 따뜻한데 바람은 시원한 이 좋은 날에 그로선 별일 아닌 말 한마디, 그러나 나에겐 왜 이렇게 아픈지 모를 그 짧은 한마디에 나는 또 왈칵 눈물을 쏟고 말았다. 좀처럼 새살이 차오르지 않는 두 번째 손가락의 상처를 이리저리 매만지면서. 그에게 눈물을 보이기가 겸연쩍어 어제 베인 상처가 따끔거려 눈물이 난다고 말하면서, 나는 또 울고 말았다. 이 눈물은 내가 새 렌즈를 끼고 울지 않겠다고 다짐한 지 하루 만에 흘린 세 번째 눈물이다.

## 5.

'이번 달도 틀렸어.'
이번 달에도 보다시피 안 울기로 한 내 다짐은 저 멀리 물 건너갔다. 터벅터벅 하루를 마친 어느 밤, 살이 한껏 오른 밤하늘의 달을 바라보다 낮게 읊조렸다.

'참 울 일도 많다.'
그래, 생각보다 우린 사소한 일들로도 울 일이 참 많다.
슬픔, 기쁨, 웃김, 화남, 미안함…. 어쩌면 우리는 모든 사사로운 감정에 눈물을 머금고 사는지도 모른다.

그러니 울고 싶어질 땐 그냥 울어버리기로 했다.
햇살이 비추는 날, 비가 내리는 날, 모든 날이 참 울기 좋은 날이라고 믿으면서 울고 싶을 땐 그냥 울어버리기로 했다.

"참 울일도 많다.

슬픔, 기쁨, 웃김, 화남, 미안함….

어쩌면 우리는 모든 사사로운 감정에 눈물을 머금고 사는지도 모른다."

| 13 |

# 하루 중 다섯 시 반

다섯 시 반을 좋아해요.

뉘엿뉘엿 해가 지는 다섯 시 반
낮도 밤도 아닌,
무엇이라 규정지을 수 없는
다섯 시 반을 좋아해요.

파란 하늘도, 깜깜한 하늘도 아니에요.
머리 위는 아직 푸른데 눈앞은 붉은
다섯 시 반이요.

거리거리 간판들에 불을 켜도 되고요,

아직은 꺼놓아도 되는 다섯 시 반이요.

누군가와의 만남을 시작하기도
누군가와의 만남을 마치기도
이상하지 않은

다섯 시 반이요.

밤이어도, 낮이어도 이상하지 않은
그저 있는 그대로의 모습으로도 충분히 괜찮은

다섯 시 반을 좋아해요.

| 14 |

# 처음이 아니어도

첫사랑, 첫 만남, 첫눈, 첫 키스. 우리는 왜 처음에 이렇게 많은 의미를 부여할까. 첫사랑보다 두 번째 사랑이 더 아름다울 수도, 첫 만남보다 두 번째 만남이 더 좋을 수도 있는데. 첫눈보다 두 번째 눈이 더 눈답게 예쁘게 내렸을지 모르는데. 왜 한발 늦게 도착한 두 번째는 사람들의 기억에 오래 머물지 못하는 걸까. 두 번째도, 세 번째도, 처음처럼 오래오래 기억에 머물게 하면 그 감정이 조금 천천히 무뎌지진 않을까. 올 겨울엔 첫눈 말고 조금 늦게 찾아온 두 번째 눈도, 세 번째 눈도….

예쁘게 바라봐주는 사람이 되어봐야겠다.

| 15 |

## 아날로그

"이제는 뉴스 보기가 두려워요."
뉴스 댓글에 자주 등장하는 이 말. 실은 나도 그렇다. 큰 고민거리, 깊이 생각해야 할 일들이 생기면 가급적 뉴스를 삼가는 편이다. 얼굴을 찌푸리는 기사들을 만나다 보면 마음속 깊은 곳에서 스멀스멀 우울감이 찾아오는 것 같으므로. 상식으로는 절대 이해할 수 없는 무시무시한 기사들을 접하다 보면 출처를 알 수 없는 부채감을 느낀다. 내가 해결할 수 없는 문제인 것은 분명한데 해결할 방법을 꼭 찾고 싶은 마음에.

"나는 머리가 지끈거릴 때 옛날 노래를 들어."
한 번의 선택이 앞으로의 날들을 크게 좌우할 것 같은 묘한 직감이 들 때. 그러나 올바른 선택지가 어떤 것인지 고르기 힘들어 머리가 지끈거릴 때. 가까운 지인이 나에게 추천해 준 것은 바로 '옛날 노래 듣기'이다. 그의 말에 따르면 어릴 적 유행하던 노래들을 다시 듣다 보면 마음이 한결 편안해진다고. 아무튼, 원치 않은 일들로 골머리를 앓던 차 실은 나도 심각하게 좋아하는 그 감성, 바로 아날로그 감성에 빠져 보기로 했다.

*

어릴 때 유독 나는 한 해의 마지막 날인 12월 31일을 좋아했다. 빨리 어른이 되고 싶은 마음도 있었지만, 그보다도 TV를 통해 듣는 제하의 종소리를 좋아했기 때문이다. 졸린 눈을 부릅뜨며 새해를 알리는 종소리를 기다렸던 기억. 이제 한 살 더 먹었다는 사실을 굉장히 좋아했던 어린 날의 내 모습이 생생하다. (아 물론, 이 기억은 지극히 나의 십 대 때의 기억이다. 단연컨대 나는 스무 살 이후, 나이를 먹는 일에 단 한 번도 열광한 적이 없다.) 쓰리, 투, 원. 가족들과 TV 앞에 옹기종기 모여 카운트다운을 하고 두 손 모아 새해 소망을 기도했던 날들. 아직도 내 기억엔 그때의 날들이 꽤나 따듯한 호흡으로 남아있다.

*왜 요즘엔 예전만큼 새해가 반갑지 않은 걸까.*
*단순히 내가 어른이 되어서 일까,*
*아니면 사회가 새해를 반갑게 받아들이기엔 그리 녹록치 않아서 일까.*

아날로그 감성 하면 빠질 수 없는 또 다른 이것. 바로 음악이다. '비라도 내리면 구름 뒤에 숨어서 네가 울고 있는 건 아닌지 걱정만 하는 내게….' 요즘엔 찾아보기 힘든 지고지순한 노랫말들. 답답하기 짝이 없는 가사인데 왜인지 모르게 마음이 따뜻해진다.
스마트폰과 견주었을 때 하등 쓸데없는 이 '삐삐'라는 물건은 또 어떻고. 음성 녹음은 기본. 공중전화 부스에서 한참을 기다리고 기다려야 겨우 전화 연결이 되었던, 그만큼 전화 한 통이 귀했던 날들. 그래서 사랑하는 사람의 목소리를 듣기 위해서는 부단히 귀찮은 일들을 해내야 했던 날들. 어렴풋이 떠오르는 따듯한 옛 기억에 마음 한구석에 달팽이 한 마리가 돌아다니는 듯했다. 나 참 왜 이렇게 마음에 습기가 찰까.

물론 그때도 지금처럼 먹고살기 어렵고, 각종 사회면을 채우는 나쁜 이야기들이 참 많았던 것 같다. 운이 좋게 내가 그 어려운 상황들을 감지하지 못했을 뿐. 어쨌거나 어느새 훌쩍 커버린 지금의 나. 이젠 어른이라는 단어가 어색하지 않은 시점의 나로서, 한번 생각해봤다. 이십 년 뒤 나처럼 서른이 된 누군가, 나의 조카나 나의 아이들은 과연 본인의 십 대를 어떻게 기억할까. 혹시 지난날들을 돌이키고 싶지 않은 날들로, 차가운 빌딩 사이 매서운 칼바람이 부는 날들로 기억해버리면 어쩌지. 사랑 노랫말에 마음이 포근해지는 감성이 아닌 겨우 버티는 삶, 비관적인 글들에만 익숙한 어른이 되어있으면 어떡하지.

만약 내게 오랫동안 글을 쓸 기회가 주어진다면 어딘지 답답한, 그러나 이상하리만큼 마음이 따듯해지는 글들을 쓰고 싶다. 그 글들이 비록 인기 없는 글일지라도, 촌스러운 옛날 감성이라 놀림 받을지라도. N극과 N극, 서로 밀어내고 할퀴는 이야기가 아닌 N극과 S극, 서로를 끌어 안아주는 이야기. 나 자신보다 누군가를 더 많이 아끼고 사랑하는 이야기. 나를 떠난 그일지라도 그의 삶에 행복을 빌어주는 이야기. 녹록치 않지만, 우리가 사는 지금 이 세상도 여전히 따뜻한 이야기가 존재했음을 방증하는 글들을 쓰고 싶다.

이십 년 뒤 서른을 앞둔 나의 조카,
나의 아이들에게 이 세상이 차갑고 외롭게 느껴질 때,
마음에 작은 담요를 덮어줄 수 있는 그런 따뜻한 글 말이다.

| 16 |

## 개똥철학

1. 남자는 좋아하는 여자를 헷갈리게 하지 않는다.
2. 됐고, 이별의 이유는 사랑이 소진되었기 때문.
3. 헌신짝이 새 신짝보다 귀하다.
4. 많을수록 해로운 두 가지는 기대, 그리고 확신.
5. 여자가 사랑을 시작할 때 예뻐지는 것은 생기,
   이별 뒤 예뻐지는 것은 독기.
6. 좋아하는 일에 부끄러워 말 것.
7. 사랑은 '그저 사랑하기 때문에.'
8. 손 편지는 언제나 옳다.
9. 가까울수록 어렵게 대할 것.
10. 말하지 못하는 것들에 귀 기울여 볼 것.
11. 굳이 가야하는 곳은 병원.
12. 끝으로, 눈물은 진심일 확률이 높다.

| 17 |

# 콩국수

"은영이는 콩국수를 좋아하지만, 세아는 안 좋아하지."

오랫동안 고민하던 개명신청을 끝내고, 새로운 마음가짐으로 하루하루를 보내고 있다. 지난 은영이가 좋아했던 사소한 음식, 행동들을 바꾸며 새 이름으로 다시 살아보려 노력하면서. 오늘은 밥집에 갔는데 '여름 별미 콩국수' 식당 벽면에 크게 적혀있는 차림표를 보고는 얼른 열무 국수를 시켰다. 왜 인가 하면 '은영'이는 식당에서 콩국수 차림표를 보면 단 한 번도 그냥 지나친 적이 없었으니까. 무조건 콩국수를 시켜왔으니 말이다. 그래서 이제 '세아'인 나는 단호하게 콩국수가 아닌 열무 국수를 시켰다.

지난 에세이에 실린 이야기처럼 '은혜 은', '꽃부리 영'의 '은영'이라는 이름은 내게 늘 하는 만큼의 성과를 가져다주지 못하는 이름이라고 했다. 인간관계 또한 늘 마음을 주는 만큼 돌려받지 못하는 외로운 이름이라고. 이름하여 '짝사랑 전문 이름' 5년 전 처음 이 이야기를 듣고, 개명을 결심한 적이 있었는데 이상하게 그땐 한 번 더 은영이에게 기회를 주고 싶었다. 아등바등 무엇이든 열심히 해보려는 은영이를 이렇게 보내자니 미안한 마음이 들었다. 그래서였을까, 나는 '은영'이란 이름으로 첫 에세이 〈짝사랑계정〉을 냈고, 이 세상 만물을 짝사랑한다는 작가 소개까지 적게 되었다. 그리고 지금, 한 권의 책을 내고나니 이젠 정말 미련 없이 은영이를 보내주어야 할 때가 온 것 같은 생각이 들었다.

아니다. 내가 개명을 결심한 진짜 이유는 따로 있다. 실은 이제 '은영'이를 그만 만나고 싶어졌다. '은영'이로 살면서 만나야 했던 가슴 아픈 사랑, 이제 그만하고 싶어졌다. 왜 내가 사랑하는 사람들은 나를 이렇게 울리고 마는 걸까, 사랑 때문에 찌질찌질 울기밖에 못하는 못난 은영이를 이제 그만 놓고 싶었다. 내 새 이름 '세아'는 지난날의 아픔을 깨끗이 씻고 으뜸이 되라는 뜻이니 이제 더 이상 사랑 때문에 울지 않기로 굳게 마음먹으면서. 이름 하나 바꾼다고 무언가가 바뀌

겠나 싶지만 그래도 나는 이렇게라도 내 사랑을, 내 행복을 찾고 싶었다.

"아이고, 열무 국수 시키셨죠…? 이걸 어쩌지….
제가 깜빡하고 콩국수를 만들었는데, 다시 해드릴까요…?"
"네……? 아… 아니요, 그냥주세요…."

은영이는 콩국수를 먹지만 세아는 콩국수를 먹지 않는다고. 은영이는 사랑이 이 세상에서 제일이라서 그래서 이 사랑 때문에 참 많이도 울었지만 세아는 그렇지 않다고. 나 정말 다시 태어나고 싶다고 그렇게 외쳤건만. 운명의 장난인 건지 신이 있다면 나에게 어떤 메시지를 던져주고 싶어서인 건지 그렇게 나는 또 세아가 되어 은영이가 좋아하던 콩국수를 맛있게 먹었다.

알고 있다. 분명 세아도 사랑 때문에 아플지 모른다는 것을. 세아에게도 베갯잇을 축축하게 적시며 남몰래 울다 잠드는 밤이 찾아올지 모른다는 것도.

결국 나는 다시 마음을 고쳐두기로 했다.
어딘가에 있을 진짜 내 사랑을 찾을 때까지
나는 절대 사랑을 포기하지 않겠다고.

은영이가 그래 왔던 것처럼 세아 역시
이 세상에서 사랑이 가장 중요하다고
그렇게 믿고 살기로 했다.

| 18 |

# 있잖아 나는 부끄러운 에세이를 쓰고 싶어

누군가 말했다. 좋은 에세이는 책의 마지막 페이지를 넘길 때 어렴풋이 글쓴이의 모습이 떠올라야 한다고. 본디 에세이라는 말 자체가 일기에서부터 시작되었으니 틀린 말 같진 않다. 그렇다면 좋은 에세이를 쓰기 위해서는 스스로 어떤 사람인지 잘 알고 있어야 한다는 것인데….

두 번째 책을 집필하는 내내 알 수 없는 압박에 시달렸다. '사람들에게 위로를 전하는 에세이를 써야지.' '읽는 이로 하여금 감정이 팍 전달되는 글을 써야지.' 스스로를 짓누르는 알 수 없는 이 강박은 결국 좋은 사람이 되어야 좋은 글을 쓸 수 있다는 생각에까지 이르게 했다. 결코 좋은 사람이지 않은 나는 어떤 것도 쉽사리 적을 수 없었고 간신히 쥐어짜 낸 글들은 당최 내가 쓴 글이 아니었다. 그렇게 쓴 사람조차도 마음에 들지 않는 안타까운 글들만 쌓여갔다. 다시 시작해야 했다. 나는 어떤 사람인지, 어떤 글을 쓰고 싶은 지에서부터. 며칠째 그 답을 찾아 나가던 중 가까운 지인에게 물었다.

"있잖아요. 나 어떤 사람 같아요?"
"음. 친해지기 쉬운 스타일이죠. 진입장벽을 낮추기 위해 바보연기를 잘하는 사람이랄까요?"
"네? 제가 바보연기를 한다고요?"

다소 기이한 대화에 기가 찬 표정을 지었지만 실은 나는 이 대답이 마음에 들었다. 그렇다. 나는 늘 누군가에게 다가가기 쉬운 사람이고 싶었다. '이 사람에게 내 속마음을 털어놓아도 될까?' 누군가 나에게 의심의 눈빛을 보낼 때면 먼저 내 마음을 내어주고 다가가는 사람이고 싶었다. "하하하, 저 되게 웃긴 사람이죠?" 가끔은 부끄러운 내 이야기를 꺼내며 허허실실 웃어버리는 사람. 누군가에게 속 시원한 해결책은 내어주진 못해도, 그저 마음 편히 자기 이야기를 꺼내고 싶어지는 사람. 나는 늘 내 주위 사랑하는 사람들에게 그런 사람이고 싶었다.

생각해보니 글 역시 그랬다. 누군가에게 위로와 조언을 해주는 글이 아닌, 먼저 내비친 내 진심 어린 이야기에 누군가 용기 내어 자신을 돌아볼 수 있는 글. 나는 늘 그런 글을 쓰고 싶었다. 어쩌면 진짜 위로는 '그랬구나.'가 아니라 '나도 그랬어.' 인지도 모르니까.

다시 쓰고 싶은 용기가 났다. 사랑 앞에서 바보같이 엉엉 울기밖에 못하는 부끄러운 이야기. 가족, 친구, 많은 이들과 부대끼며 넘어지는 솔직한 내 이야기가 쓰고 싶어졌다. 작은 바람이 있다면 마음을 다한 내 글로 인해 '나는 지금 잘 살고 있을까.' 누군가 자신의 마음을 돌보는 시간을 가졌으면 하는 것.

그렇게만 된다면 나는 이 부끄러운 에세이를 오랫동안 쓰고 싶어질 것 같다.

| 19 |

## 소원

행복해서 울어본 적이 있나요?
어느 날 문득 지금 내가 사는 이 세상이 너무 행복해서
펑펑 눈물이 나는 거예요.

이건 제 평생의 소원이에요.
행복해서 눈물이 나는 그런 날이 오는 것이요.
언젠가 반드시, 이 소원 이룰 날이 오겠죠?

에필로그

## 울어도 줄게요. 내가 준비한 선물.

*다음 그림은 작가가 직접 그린 연필화입니다.

분명 아빠도 이 퇴장이 낯설 텐데.

가끔은 인정하기 싫고, 울고 싶고 그럴 텐데...

사랑하는 사람의 뒷모습을 바라보기 위해서는 용기가 필요한지도 모른다.

까만 두 눈에 울고 있는 내 모습을 가득 담은 채 너는 내게 말하지.

다독다독, 울지 말라고.

길 고양이를 안아주지 마세요.

당신을 믿고 다가가는 이 진심을 가볍게 여길 생각이라면 안아주지 마세요.

그 눈빛으로 평생을 살기도 해.

야경을 감상하는 일이 실은 서로의 염원을 알아주는 일이기 때문은 아닐까.
서로의 마음에 켜 놓은 작은 염원을 부둥켜안아 주는 일이기 때문은 아닐까.

'행복'

어쩌면 행복 또한 지금 내리는 이 눈처럼
보이지 않는 곳에서 매일 바쁘게 내리고 있었던 건 아닐까.
소리소문없이 내 어깨에, 내 주위에 찾아와 있었던 것은 아니었을까.